Lothar Schneid

Unter jedem Helm steckt nur ein Mensch

II

Lothar Schneid

Unter jedem Helm steckt nur ein Mensch

Erlebnisse aus 41 Dienstjahren

bei der Berufsfeuerwehr Köln

Die Deutsche Nationalbibliothek verzeichnet diese Publikation in der Deutschen Nationalbibliografie; detaillierte bibliografische Daten sind im Internet über dnb.dnb.de abrufbar.

Herstellung und Verlag: BoD – Books on Demand, Norderstedt

ISBN: 9783749428137

INHALTSVERZEICHNIS

Als ich mit diesem Buch begann, wurde schnell klar, dass ich ohne Unterstützung niemals zu einem Ende, geschweige denn zu einem fertigen Buch gelangen würde.

Damit ich niemanden vergesse. Ich möchte mich bei ALLEN bedanken, die mich von der ersten Idee bis zur letzten Zeile unterstützt und begleitet haben.

Aber ganz besonders bei Andreas!

Feuerwehrmänner/ Feuerwehrfrauen

Ich verwende in diesem Buch überwiegend den Begriff „Feuerwehrmann".

Auf keinen Fall ist das in der heutigen Zeit politisch korrekt. Da ich 80 Prozent meiner Dienstjahre nur mit Männern als Kollegen verbracht habe, leiste ich mir dieses „Fehlverhalten".

Ich habe höchsten Respekt vor Feuerwehrfrauen, habe schon einige ausgebildet und auch in Köln gibt es Feuerwehrfrauen in allen Ebenen bei der Berufsfeuerwehr. Bei der Freiwilligen Feuerwehr wäre der Einsatz ohne Frauen nicht möglich.

Also, liebe Frauen, die ihr dieses Buch in den Händen habt. Ich verneige mich vor Euch und werde Euer Können oder Gleichwertigkeit niemals in Abrede stellen. Ihr seid auch mit dem Begriff Feuerwehrmann gemeint.

1976 Bild: Feuerwehr Köln

2017 Bild: Miklos Laubert

Mein Werdegang in Kurzform

Von Januar 1976 bis Oktober 2017 bei der Berufsfeuerwehr Köln.

Im mittleren Dienst (mD) als Feuerwehrmann-Anwärter begonnen, als Zugführer und Einsatzleiter im gehobenen (gD) Dienst in Pension gegangen.

Die wichtigsten Ausbildungen:

Rettungsassistent, Notarztassistent, (eingesetzt auch auf Ambulanzflugzeugen und Rettungshubschraubern)

Rettungs- und Bergungstaucher

Kranführer

ABC (Gefahrgut) Fachausbilder

26 Jahre FW 1 (Innenstadt)

8 Jahre FW 10 und Löschbootstation (Köln Deutz)

5 Jahre Leitstelle (Köln Weidenpesch)

2 Jahre Branddirektion (Köln Weidenpesch)

Kurzzeitig FW 3 (Köln Lindenthal), FW 9 (Köln Mülheim)

Ich bin kein Held!

Die arbeiten in Altenheimen, Krankenhäusern oder Hospizen.

Ich bezeichne mich selbst als halbwegs normalen Menschen - was ist normal? Mit Macken, nicht immer souverän, der in seinem Berufsleben viel erlebt hat.

Meine Psyche und Physis sind vielleicht etwas angegriffen.

Rücken, Knie, Schulter sind betroffen. Meine Augenbrauen sind nur noch unsichtbare Stoppeln, da sie irgendwann „den Flammen zum Opfer" gefallen sind. Die Haut am Kopf, den Beinen und Armen, dort wo früher alle Gifte wegen mangelhafter Schutzkleidung direkten Zugang zum Körper hatten, ist überempfindlich und bedarf intensiver Pflege. Daraus einen Anspruch herzuleiten, würde meine Lebenszeit weit überschreiten. Kölner Grundregeln besagen: „Et es, wie et es" (sieh den Tatsachen ins Auge) oder „et kütt, wie et kütt (hab keine Angst vor der Zukunft). Es ist alles auszuhalten.

In mir gibt es aber keinen Zweifel. Der Beruf erfüllte mich mit großer Freude. Ich habe Spaß am Leben, widme mich der Familie und meinen Hobbys, reise gerne. Wie sagt man? „Alles gut!"

Mein Beruf war der eines Feuerwehrbeamten in einer Großstadt. Das, was diesen Beruf ausmacht, versuche ich in diesem Buch zu beschreiben.

Die ehrenwerte Arbeit der freiwilligen Feuerwehren in Köln kommt dabei etwas zu kurz. Die Mitglieder der Löschgruppen mögen mit das verzeihen.

Mit vielen habe ich sehr gut und effektiv Einsätze absolviert. Auch menschlich hat es gepasst. In Köln würden ohne die Mitarbeit der freiwilligen Feuerwehren (27 Löschgruppen) die Sicherheit und der Schutz der Bürger zusammenbrechen.

Es werden auch interne Abläufe der Feuerwehr Köln beschrieben, damit man sich ein Bild davon machen kann, aus welchen Menschen sich diese Großstadtfeuerwehr zusammensetzt und welche Arbeit Tag für Tag geleistet wird, um Sicherheit und Schutz zu garantieren.

Wie in jedem großen städtischen Amt, läuft auch bei uns nicht alles glatt. Fehlentscheidungen, Fehleinschätzungen, Fehlbesetzungen von Stellen, Selbstüberschätzung eigener Fähigkeiten.

Sicher wäre es einfach, allein durch die vielen Jahre meiner Berufserfahrung, nur über dramatische Einsätze zu berichten. Der Fundus ist nach über 41 Berufsjahren sehr groß.

Doch das ist mir zu wenig. Die Menschen, die diesem Beruf nachgehen, ihre Handlungsweisen, Ansichten, Ausdrucksweisen, geben mehr Stoff, als nur der Einsatz allein.

Es werden keine fiktiven Geschichten zu lesen sein. Namen habe ich hier und da verändert. Natürlich werden sich Kollegen hier wiederfinden. Das bleibt nicht aus. Sollte sich jemand auf den Schlips getreten fühlen…ich kann es nicht ändern.

Feuer Kegelbahn

Mal wieder nachts unterwegs zu einem Feuer

Wir hatten tagsüber bereits zwei kleinere Brände zu löschen. Ich trage meine dritte Garnitur Unterwäsche und die persönliche Ausrüstung - Schutzmantel, Handschuhe, Atemschutzmaske, Helm - ist auch auf Vordermann gebracht worden.

Es brennt in einem benachbarten Wachbezirk im Kölner Westen. Der Einsatzleiter vor Ort hat die Alarmstufe erhöht und wir sind zur Unterstützung unterwegs.

Durch den Funkverkehr bekommen wir in etwa mit, was dort brennt. Ein Feuer auf der Kegelbahn im Keller einer Gaststätte. Kein gutes Gefühl. Alles voller Holz, meist enge Zugänge und damit auch schwer wieder herauszukommen, wenn etwas Unvorhergesehenes geschieht.

Kaum habe ich den Gedanken im Kopf, hören wir eine Blitzmeldung im Funk.

Es werden ein RTW und ein NEF angefordert, da sich ein Kollege verletzt hat. Meine Mitstreiter aus dem Angriffstrupp und ich schauen uns an. Wortlos! Jeder hat unsichtbar „Scheiße" auf der Stirn stehen und jeder denkt: „Wer ist es, kenn ich den? Wie schwer hat es ihn erwischt?" Die Gedanken bleiben, aber jetzt muss Professionalität die Oberhand haben.

Auf der engen Sitzbank im LF machen drei Mann die gleichen Handgriffe.

Sitzt die Atemschutzmaske richtig? Ist der Kragen vom Schutzmantel zu?

Lässt sich der Sperrriegel, der das Atemschutzgerät in seiner Halterung hält, frei bewegen? Sitzt die Vergurtung vom Atemschutzgerät und vom Sicherheitsgurt richtig? Alle Handgriffe einstudiert und schon so oft gemacht. Trotzdem gehen die Hände immer an die gleichen Stellen.

Jeder Mensch handelt in bestimmten Situationen so. Man weiß genau, dass alles stimmt, alles passt und trotzdem wird alles mehrmals überprüft.

Unser Zugführer, „Vati" mit Spitznamen, hat im Funkverkehr mitbekommen, dass der Brand sich ausbreitet und ein dritter Löschzug angefordert wurde. Wie es so seine Art ist, meint er: „Ihr geht runter und macht den Mist aus! Vorher kommt ihr nicht raus. Wir sind 1er!"

Welche Arroganz! Als wenn wir besser wären, als Kollegen von anderen Wachen.

Ja, sind wir! Wir fahren die meisten Einsätze, wir löschen mehr Feuer als die Kollegen auf anderen Wachen. Wir sind 1er! Wir sind die Ledernacken.

Nein, sind wir ganz bestimmt nicht! Wir sind genauso gut oder schlecht, wie alle anderen Kollegen auf den Kölner Feuerwachen. Wir haben nur mehr Einsätze und damit mehr Erfahrung und Routine. Sich das „Ledernacken-Denken" einzureden hilft aber, das Selbstbewusstsein zu stärken. Wir müssen gleich irgendwo reingehen, wo andere raus laufen.

Fast die ganze Straße ist voller Rauch. Wir begeben uns im Laufschritt- so gut das eben mit fast 30 Kilogramm

Ausrüstung geht - zur Einsatzstelle. Vati hat sich mit dem Einsatzleiter abgesprochen.

„Ihr könnt entlang der Schlauchleitung gehen, das Strahlrohr liegt an der Treppe". Mehr nicht. Warum auch? Er hat ja auf der Anfahrt alles gesagt.

Selbst aus dem dritten Stockwerk dringt Rauch. Oh Mann, da geht auf der Kegelbahn aber einiges ab. Als Truppführer gehe ich hinten. Peter ist Strahlrohrführer, Dietmar geht in der Mitte.

Der Zugang zur Kegelbahn ist nur durch die Gaststätte zu erreichen. Alles heiß, alles schwarz verqualmt, alles eng. Ich weiß genau, wenn wir hier raus gehen, sind unsere Ohren und der Nacken wieder knallrot. Wenn es gut geht. Wenn es schiefgeht, hängt die Haut runter, weil wir uns verbrüht haben oder man spürt diesen dumpfen Schmerz an den Ohren, der von einer Verbrennung zeugt.

Jetzt setzt bei uns Dreien etwas ein, was keiner erklären kann.

Wir wollen da runter und den Brand löschen. Ohne Erfolgserlebnis gehen wir nicht raus!

Kurze Absprache: „Wir gehen die Treppe rückwärts kriechend runter, erst mal orientieren"

Am Ende der Treppe geht es 5 Meter geradeaus, dann ein etwa 20 Meter langer Gang rechts in Richtung Kegelbahn.

Peter will um die Ecke Richtung Gang kriechen und prallt sofort zurück. „Zu heiß" höre ich ihn undeutlich durch die Atemschutzmaske sagen. OK, dann schaue ich mir das mal selber an. Ich krieche nach vorne, schaue um die Ecke und pralle zurück. Peter hat recht, zu heiß!

Ich bin versucht, meinem Zugführer über Funk zu sagen, dass wir an den Brand nicht herankommen. Kommen wir das wirklich nicht?

Ich spreche mich mit meinen Truppmännern nochmals ab.

„Mach das Strahlrohr auf und wir versuchen, auf dem Boden kriechend vorwärts zu kommen. Der Wasserdampf müsste über uns abziehen. Vielleicht können wir dadurch alles etwas abkühlen"

Drei Mann, ein Trupp. Wenn Peter oder Dietmar auch nur leicht gezögert hätten, hätte ich den Rückzug angetreten und die Kollegen oben müssten sich was anderes einfallen lassen. Aber wir drei zusammen haben schon gut 160 Brandeinsätze hinter uns. Keine Hektik, kein unüberlegtes Handeln, keine Angst. Wir wissen was wir können. Noch verjagt uns diese „höllische" Umgebung nicht.

„Probieren wir es!"

Meine Sicht ist plötzlich eingeschränkt. Das Kunststoffvisier am Helm hat sich durch die Hitze verformt und ist nach unten gerutscht. Bei den anderen beiden sieht es auch nicht besser aus. Was machen wir hier bloß? Gehen wir doch raus und andere sollen den Keller einschäumen. Aber das dauert seine Zeit und wir sind kurz vor dem Ziel.

Das Strahlrohr auf gemacht und erst mal um die Ecke gehalten. Eine Menge Wasserdampf zieht über uns hinweg und die Ohren fangen zu kribbeln. Durch so ein C- Strahlrohr fließen hundert Liter in der Minute. Peter schließt das Strahlrohr und schraubt das Mundstück ab. Somit fließen 200 Liter in der Minute Richtung Feuer. Viel hilft viel!

Bilder: Lothar Schneid

In diesem Gemisch aus Wasserdampf, Brandrauch und dem Wasser aus unserem Strahlrohr können wir uns langsam weiterbewegen. 20 Meter sind verdammt lang in dieser Situation.

Erst schemenhaft, dann immer deutlicher sehen wir Flammenschein. Peter hält das Strahlrohr in Richtung Flammen. Dietmar und ich liegen etwas hinter ihm. 80 Prozent des Raumes über uns ist mit schwarzem Rauch gefüllt. Keine Sicht und sehr heiß. Wir kriechen durch warmes Löschwasser. Habe ich noch eine saubere Garnitur Unterwäsche auf der Wache? Ein absurder Gedanke hier und jetzt.

Mein Funkgerät plärrt, aber ich kann nichts verstehen. Es ist zu laut um uns herum. Ein offenes Strahlrohr, das Atemgeräusch von den PA und der heftiger Brand machen ziemlich Lärm. Ich kann mir aber denken, warum mein Funkgerät Töne von sich gibt. Vati will wissen, wie es aussieht. Ich sage nur kurz: „Wir sind am Feuer". Zweckoptimismus.

Ich weiß nicht, wie lange wir dort gelegen haben. Die einzige Zeitbegrenzung in diesen Situationen ist der Rückzugswarner des Atemschutzgerätes. Dies ist ein durchdringendes Pfeifen, das je nach körperlicher Anstrengung nach 20 bis 30 Minuten Einsatzzeit ertönt.

Der Flammenschein wird weniger. Offensichtlich haben wir mit unserer Vorgehensweise einen „Treffer" erzielt. Ich habe auch keine Lust mehr. Der ganze Körper schmerzt. Sei es durch die Hitze, die schwere Ausrüstung oder die Körperhaltung. Ist mir egal, ich will hier raus. Dietmars Atemschutzgerät fängt an zu pfeifen. Da hat Peter noch eine Idee. Er findet einige Stühle und Tische und fängt an, das Strahlrohr mit dem Schlauch durch zusammenstellen der Möbel festzuklemmen. Klasse Idee. Wir geben nochmal alles, um das hinzubekommen. Es klappt. Jetzt löscht das Strahlrohr halt alleine. Raus, nichts wie raus. Der nächste Trupp muss anrücken. Am Schlauch entlang getastet und die Treppe rauf. Noch im Hausflur reißen wir uns die Atemschutzmasken vom Gesicht. Luft wollen wir, kühle Umgebungsluft. Unsere Körper kochen.

Vati erwartet uns. „Wie sieht's aus da unten?" Ich gebe einen kurzen Bericht ab, erwähne, dass das Strahlrohr festgeklemmt wurde und irgendwann die Kegelbahn wohl unter Wasser stehen wird.

„Gut". Mehr sagt er nicht. Warum auch. Wir haben unseren Auftrag, seinen Auftrag, erledigt. Wir haben das gemacht, was ein Feuerwehrmann machen muss. Ich gebe meine Kenntnisse an den uns nachfolgenden Trupp weiter, sage ihm dann: „Da unten steht alles unter Wasser, aber es ist warm". Der Truppführer lächelt mich gequält an. „Wollte heute eh noch duschen". Ein Klaps auf die Schulter. Jetzt muss dieser Trupp dort unten kämpfen.

Ausrüstung ablegen. Helm, PA, Lederhandschuhe, Schutzmantel. Wir „untersuchen" uns gegenseitig. Wir drei sind völlig durchnässt, haben knallrote Ohren und Nacken die brennen, die Knie werden wohl auch was abbekommen haben. Da, wo die Schutzkleidung eben nicht geschützt hat, sind wir vom Brandrauch schwarz. Körperlich erschöpft. Aber stolz! Nicht, weil wir vielleicht größeren Schaden abgewendet oder den Job eines Feuerwehrmannes gemacht haben. Nein, wir haben Vatis Auftrag erledigt. Wir haben nicht aufgegeben. Wir sind 1er!

Bilder: Feuerwehr Köln

Wohnungsbrand

Die Institution Feuerwehr

Bei vielen Menschen, die ich im Einsatz kennen gelernt habe, war unsere Begegnung eine einseitige Sache.

Sie waren tot, als ich sie zum ersten Mal gesehen habe.

Die Altersspanne der toten Menschen in meinem Berufsleben umfasst alle Stadien, die man kennt.

Der tote Säugling - auch im Mutterleib - sowie der über hundertjährige Mensch sind mir begegnet.

Ich hatte bei der Idee zu diesem Buch immer wieder den Gedanken, ob es sich eventuell um eine Maßnahme zur Verarbeitung persönlicher Erlebnisse handelt. Von der Hand zu weisen ist das nicht. Meine Berufserfahrung zeigt, dass negative, wie auch positive Erlebnisse sich durch Mitteilung an die Umwelt abschwächen können.

Die Feuerwehr wird als Institution angesehen. Es kommen nicht die Feuerwehrmänner oder Feuerwehrfrauen, sondern "Die Feuerwehr". Viele Menschen vergessen: Unter jedem Helm steckt nur ein Mensch!

Die Feuerwehr ist die letzte Instanz bei Notfällen. Nach der Feuerwehr kommt nichts mehr. Wir gehen rein, wenn andere raus laufen.

Doch woraus besteht diese "Institution"?

Aus Menschen. Großen, kleinen, guten, schlechten, intelligenten, schlauen - ja, da mache ich einen Unterschied. Wir sind ein Querschnitt der Bevölkerung. Menschen mit einem außergewöhnlichen Beruf.

Ein Vorgesetzter sagte mal zu mir: „Wir sind alle grün!
Manche sind hellgrün, manche dunkelgrün"

Warum übte ich diesen Beruf aus? Nein, nicht unbedingt
wegen der Floskel: „Ich will Menschen in Not helfen". Der
Gedanke spielte eine Rolle, doch andere, selten in der
Öffentlichkeit genannte Dinge, sind ausschlaggebend
gewesen für meine Berufswahl. Teilweise Mythen - die
Realität hat mich relativ schnell eingeholt.

Die Alarmfahrt.

Bild: Michael Breuning FW 10

In erster Linie war es die Vorstellung, dass es doch ein
tolles Gefühl sein muss, mit Blaulicht und Signalhorn
durch die Straßen zu fahren. Alles muss zur Seite fahren.
Platz da, jetzt komm' ich.

Nach wenigen Jahren hatte ich allerdings schon das Gefühl, dass der ewige Stress der Alarmfahrt und das laute Geräusch des Signalhorns mich krank machen. Die Erkenntnis kommt bei vielen meiner Berufskollegen nach einiger Zeit. Es macht definitiv keinen Spaß und birgt ein immens hohes Unfallrisiko.

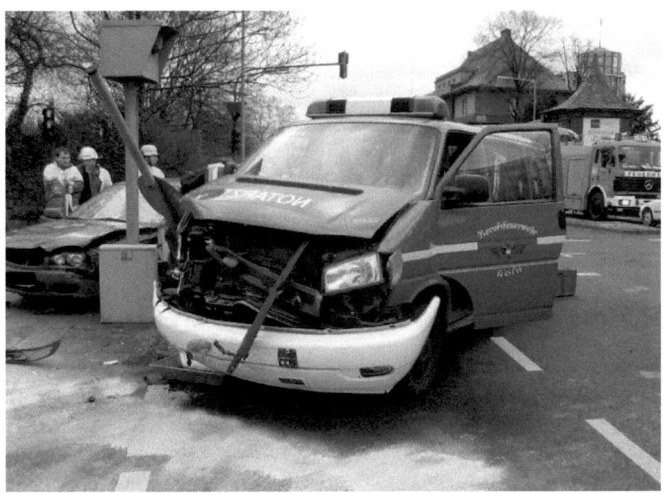

Bild: Lothar Schneid

Verunfalltes Notarzteinsatzfahrzeug

Die Technik.

Technik bei der Feuerwehr ist so ziemlich das Schönste, was ein Technikfreak sich vorstellen kann. Die Handhabung der Fahrzeuge, Gerätschaften, das ewige Lernen, um neue Technik zu beherrschen. Das Gefühl ist bis zum Schluss geblieben.

Pumpen - Bedienfeld Löschfahrzeug

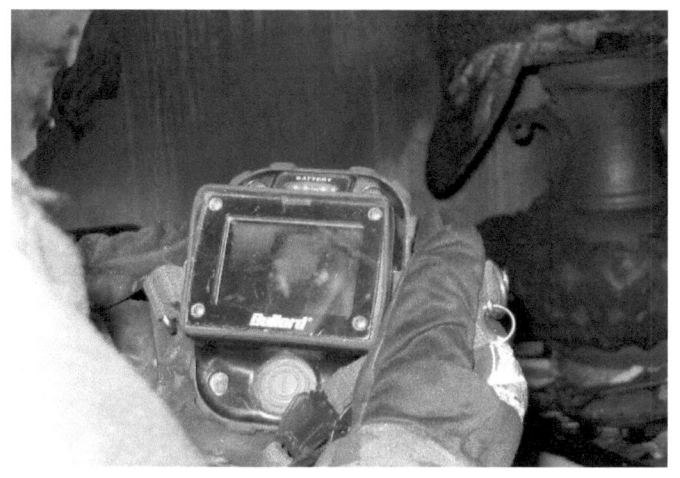

Wärmebildkamera

Hydraulischer Rettungsspreizer mit

Rückentragegestell

Die Arbeitszeit.

Mir gefiel es von Anfang an, im 24-Stunden-Dienst zu arbeiten, an Sonn- und Feiertagen meine Sachen zu packen, um auf die Wache zu fahren. Warum, das habe ich bis heute nicht begriffen.

Heute weiß ich aber auch, dass diese Arbeitszeiten das Privatleben extrem beeinträchtigen. Und es braucht eine sehr tolerante Familie, um das dauerhaft zu akzeptieren.

Der Kick.

Als erster vor Ort zu sein, alles zu sehen, Gaffer weg zu schicken, abzusperren, mit der Nase ganz dicht dabei zu sein, wo der "Normalmensch" nicht hinkommt. Ja, auch das hat mich lange gereizt und auch fasziniert.

Bild: FW 1

Die Uniform.

"Gib dem Buckligen eine Uniform und er wird gerade stehen."

Der Stolz, eine Uniform mit Dienstrangabzeichen zu tragen, ist unbeschreiblich. So war es bei mir. Es hebt einen von der Masse ab. Heute sehe ich auch das differenzierter. Einige Kollegen sind zu sehr der Meinung, dass ihre Uniform oder ein hoher Dienstrang einen „besseren" Menschen aus ihnen macht. Genau die braucht keiner.

Die Kollegen.

Ich kenne keinen Beruf, bei dem Kollegen so eng zusammenarbeiten, wie bei der Feuerwehr. Es ist ein Miteinander – im Guten wie im Schlechten - das kaum beschrieben werden kann.

Bild: Miklos Laubert

Bild: Frank Kirsch FW 1

Bild: Miklos Laubert

Bild: FW 1

Bild: FW 10

Der Mythos.

Der Feuerwehrmann war in meiner Kindheit der Held der Welt. Nicht der Polizist oder Lokomotivführer. Der Feuerwehrmann kann alles, weiß alles, ist unbezwingbar, muss direkt hinter Superman kommen. Na ja, alles relativiert sich.

Ein Psychotherapeut würde bei mir wohl in etwa zu folgendem Ergebnis kommen:

Komplexes, übersteigertes Geltungsbedürfnis, will immer im Mittelpunkt stehen, hat vor nichts Angst außer vor sich selbst, hat ein Hierarchieproblem .All das - und mehr - wird in meiner Person zu finden sein. Damit befinde ich mich mit Millionen anderer Menschen in guter Gesellschaft.

Mein persönliches Fazit: Weit über 200 Atemschutzeinsätze, über 100 Taucheinsätze, Verbrennungen, Verbrühungen, Quetschungen, Prellungen, Bänderrisse, ca. 33.000 Einsätze (Rettungsdienst und Brandschutz), viele Sonderausbildungen, vielen Menschen und Tieren das Leben gerettet, viele Tote gesehen, viel für das Leben gelernt. Und trotzdem Freude am Beruf gehabt!

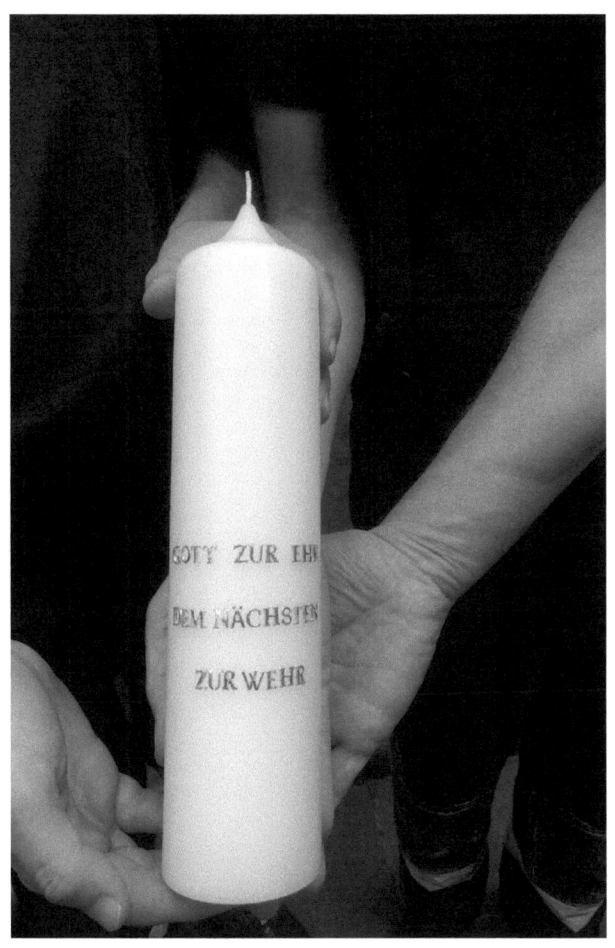

Bild: FW 1

Bild: Andreas Eppli Feuerwehr München

Bild: Miklos Laubert

Bild: Feuerwehr Köln

Vati

Eine schriftliche Beschreibung dieses Menschen ist eigentlich zu wenig. Vati, der Wilhelm (Willi) mit Vornamen hieß, musste man erlebt - gesehen und gehört - haben. Den Spitznamen Vati bekam er von der Mannschaft, weil er bei allem, was er tat und sagte, eine väterliche Ausstrahlung hatte. Verständnisvoll, wenn nötig streng, in die richtige Richtung lenkend. In meiner beruflichen Laufbahn hat mich Vati als Vorgesetzter und Mensch am meisten geprägt. Mein Denken ging schnell dahin, dass ich viel von diesem Mann lernen wollte. Weniger Fachliches, mehr Menschliches. Er erinnerte mich auch an meinen Großvater, der in meiner Kindheit sehr prägend für mich war.

Ich habe Vati bis zu seiner Pensionierung gesiezt. Obwohl er „nur" mein Zugführer und Wachabteilungsführer war. Mein Respekt vor diesem Mann war sehr stark ausgeprägt. Er hat mir bestimmt fünfzig Mal das „Du" angeboten. Ich habe es nicht geschafft, dies umzusetzen. Meine eigene Wildheit und Unordnung haben es eigentlich nicht zugelassen so dauerhaft vor jemandem Respekt zu haben. Wohlgemerkt, jemand, mit dem so eng zusammengearbeitet wurde. Bei höheren Vorgesetzten war das selten eine Frage. Die wurden sowieso von uns jungen Wilden gesiezt. Später, nach einigen Dienstjahren kam das „Du" dann automatisch. Ich hatte bei vielen aber keine Lust das „Du" anzuwenden. Das Verhältnis zwischen mir und einigen Vorgesetzten war hier und da nicht immer reibungslos. Heute weiß ich, dass das eher an mir lag.

Doch weiter mit Vati.

In meinen Augen konnte der alles und wusste alles, was mit Feuerwehr zu tun hatte. Auf der Wache kannte er seine Pappenheimer und wusste mit jedem umzugehen, auch wenn derjenige noch so großen Mist gebaut hatte. Seine berufliche Zeit war eine schwere Zeit. Hier die „Alten", unbelehrbaren, die zum Teil noch den Krieg erlebt hatten, dort die Jungen, auch unbelehrbaren, denen die Feuerwehrwelt offen stand und die alles besser konnten. Kein Feuerwehrproblem allein. Wenn man aber 24 Stunden zusammen ist, dann werden diese kleinen Reibereien auch schon mal zu Streitigkeiten.

Nicht bei Vati. Der hatte alles im Griff! War und ist zumindest meine Meinung. Auch die, die ihn noch erlebt haben, sagen das. Wenn er Dienst hatte, lief alles geordneter. Obwohl er eigentlich nicht die Ruhe selbst war. Eher umtriebig und dauernd in Bewegung. Groß gewachsen, also schon optisch eindrucksvoll, die Zigarette war sein ständiger Begleiter.

Er sprach gerne und viel. In einem ureigenen Dialekt aus der Eifel. Nicht für jeden auf Anhieb zu verstehen. Keiner von uns - auch nicht von den Alten - wusste so richtig, was Vati vor seiner Laufbahn bei der Feuerwehr so getrieben oder gelernt hatte. Irgendeines Tages tauchte ein altes Stammblatt von ihm auf. Auf so einem Stammblatt stehen die persönlichen Daten eines Einzelnen, welche Lehrgänge er bei der Berufsfeuerwehr belegt hatte und welchen Beruf er vor seinem Wechsel zur Feuerwehr erlernt hat. Bei Vati stand Melker! Das sprach sich schnell rund. War Melker mal ein Beruf? Was kann ein Melker? Welche Fähigkeiten muss ein Melker haben, um bei der Berufsfeuerwehr angenommen zu werden.

Ein riesengroßes Rätsel. Das Standing eines Einzelnen in der Gruppe der Berufsfeuerwehrmänner steht und fällt auch mit den Fähigkeiten, die er erlernt hat bzw. an den Tag legt. Ein Melker kann doch nichts, außer eben Kühe oder sonstige Milch gebenden Tiere zu melken. So unsere Meinung!

Aber, es war allen egal. Darauf angesprochen hätte ihn aus Respekt sowieso keiner. Seine Fähigkeiten und Ausstrahlung haben alle Fragen beantwortet. Ganz gleich, welchen Beruf er erlernt hat, wichtig war hier und jetzt.

Ausgerechnet einige von uns jungen Wilden hatte Vati ins Herz geschlossen. Er ließ uns einfach machen. War es verkehrt, erklärte er, wie es richtig gemacht werden musste. Nicht oberlehrerhaft, sondern geduldig und mit einem enormen Vertrauensvorschuss. Sein Spruch: „das darf EINMAL vorkommen, dann nicht mehr".

Vati war sehr konservativ. Es gab - trotzdem oder deswegen - viele Gespräche zwischen uns jungen Feuerwehrmännern und ihm. Das Erstaunliche für uns war: er wollte uns nicht unbedingt belehren. Sein Ziel war es, uns zu verstehen, warum wir wie handelten und dann seine Sichtweise mitzuteilen.

Eine Anekdote: ich „durfte" als gelernter KFZ- Mechaniker an seinem Privatwagen die Bremsklötze wechseln. Was ich natürlich gerne gemacht habe. Als Dankeschön wollte er mir ein Essen spendieren. Zur damaligen Zeit war eine Portion Gyros neu und absolut IN. Also wurden zwei Portionen Gyros besorgt. Vati saß also vor dem Gyros und meinte mit ernster Miene: „Zerrissenes Fleisch und Fritten, das kann nichts sein!"

Ich glaube, Vati hat danach alle Gyrosbuden in Köln und Umgebung besucht. Er war restlos begeistert von diesem neuen Gericht.

Im Einsatz mussten bei Ihm Disziplin und Mut vorherrschen. Ohne dies hatte manch einer Probleme mit ihm. Wenn wir zu einem Brand ausrückten - das geschah zu dieser Zeit sehr häufig - gab es für ihn nichts anderes, als das wir 1er das Feuer schnell im Griff hatten. Verbrannte Ohren, verbrühte Hände oder Knie ließ er nur selten als Entschuldigung gelten. „Das ist unser Beruf und die Mensch da draußen verlangen, dass wir alles geben!"

Er verlangte immer das Optimum von jedem. Für ihn mussten Psyche und Physis immer dazu bereit sein, beruflich alles zu geben. Es kam auch schon mal dazu, dass ein Trupp aus der Brandstelle heraus kam, weil es einfach zu heiß war. Vati ließ das nicht gelten! Nach einer kurzen Abkühlphase musste der Trupp wieder ins Feuer. Heute undenkbar!

Gegen sich selber war er auch sehr hart.

Das Einsatzstichwort war „Person unter Straßenbahn". Es lag eine Person unter der Straßenbahn, war hinter einem Drehgestell der Straßenbahn eingeklemmt. Die Person lebte noch. Also so schnell wie möglich befreien.

Dafür müssen Hydraulikheber eingesetzt und verschiedene Bereiche an der Straßenbahn gesichert werden. Es ging fürchterlich schief. Die Person konnten wir retten, aber beim Ablassen der Bahn verrutschte ein Hydraulikheber. Die vordere Stahlkupplung der Bahn schwenkte nach oben und Vatis rechte Hand wurde zwischen der Stahlkupplung und der Straßenbahn eingeklemmt. Vier Finger waren platt.

Vati war blass, sagte aber nur: „Holt mich hier raus"! Leise aber bestimmt. Kein Schrei, kein Stöhnen, gerade stehend. Wir konnten ihn innerhalb Sekunden befreien. Vier Finger der rechten Hand waren regelrecht platt und er hatte sein Gebiss zerstört. So hatte er auf die Zähne gebissen. Seine erste Sorge galt dem Geretteten, dann, dass niemand seine Frau anruft. Das würde er vom Krankenhaus aus selber machen.

Die Finger konnten gerettet werden, waren zwar nach mehreren Operationen krumm und schief, aber funktionsfähig. Was für eine Selbstbeherrschung.

Bei Einsätzen mit Atemschutzgeräten wird heute alles dokumentiert, was auch absolut richtig ist. So weiß man, wer, wo, wie lange eingesetzt ist. Vati hatte dies immer alles im Kopf. Egal wie viele Trupps an unterschiedlichen Stellen eingesetzt waren. Er wusste mit Zeitangabe über alle Bescheid. Bestimmt haben viele Menschen diese Fähigkeit, für mich war das in der Hektik, die viele unserer Einsätze bestimmt, ein Wunder.

Die Umstrukturierung der Feuerwehr Köln war sein Abgesang. Der Zugführer besetzte nicht mehr das LF. Vati konnte mit seinen Jungs nicht mehr so oft raus fahren, war nur noch bei größeren Einsätzen dabei. Das passte ihm nicht und jeder merkte, dass er sich veränderte. Er wurde dünnhäutiger, war mit vielen Entscheidungen von Vorgesetzten nicht einverstanden. Heute würde man sagen: Seine Zeit war vorbei. Er sagte oft: „Das ist nicht mehr meine Feuerwehr". Ein Spruch, den ich leider sehr oft von älteren Kollegen gehört habe. Heute bin ich in der gleichen Alterssituation und erwische mich auch bei diesem verkehrten Denken.

Was mich aber beruhigt: Er hatte noch einen schönen langen Lebensabend!

Taucheinsatz Sommer

Bild: FW 1

Mitte der 1980er Jahre.

Es ist heiß, richtig heiß. Sonntagsdienst im Sommer.
Temperaturen an die 30 Grad Celsius. Ich bin, neben
meiner eigentlichen Funktion auf dem LF, auch als
Taucheinsatzführer eingeteilt. Bei Dienstbeginn wird von
uns Tauchern die Ausrüstung zurecht gelegt. Es erfolgen
Absprachen. Wer geht zuerst ins Wasser, wer ist
Reservetaucher, wer ist Maschinist, sprich Fahrer. Ich
schaue mir die Dienstpläne der dienstfreien Taucher an,
um bei einem langwierigen Taucheinsatz zu wissen, wen
ich aus dem freien Tag alarmieren kann. Wir haben in
dieser Zeit recht wenig Taucher bei der Berufsfeuerwehr
und jeder längere Taucheinsatz würde die im Dienst
befindlichen Taucher an den Rand ihrer Leistungs-
fähigkeit bringen.

Zusatzschichten sind an der Tagesordnung, um immer die geforderten 4 Taucher im Dienst zu haben.

Meine Erfahrung als Taucheinsatzführer ist noch nicht so groß. Als Verantwortlicher hatte ich bis dahin nur Bergungseinsätze zu leiten. Dabei ging es um versenkte PKW nach Diebstahl, Tresore, Schmuck oder Waffen. Die Polizei in Köln hatte in diesen Jahren noch keine Tauchergruppe und so waren wir dann in Amtshilfe für die Polizei tätig. Die Kenntnisse über die Straftaten, die zum Teil mit den geborgenen Gegenständen in Zusammenhang standen, waren für uns Feuerwehrmänner immer sehr spannend.

Als Taucher habe ich auch schon Menschen aus dem Wasser geborgen. Ertrunkene, Opfer von Gewalttaten. Tote Menschen. Immer und immer wieder kommt es in diesen Zeiten zu Unfällen in Seen. Sei es im Kölner Stadtgebiet oder im Umland. Bis nach Bonn oder an die Grenze zum Sauerland werden wir alarmiert, da wir die einzige ständig im Dienst befindliche Tauchergruppe bei den Feuerwehren im Umkreis von 100 Kilometern haben.

Gegen 13.00 Uhr kommt die Alarmierung: „Person im Wasser". Der Einsatzort ist im Kölner Südosten. Dort ist ein Jachthafen.

Über Funk bekommen wir mitgeteilt, dass ein Kind von einer Jacht ins Wasser gestürzt sei und vermisst wird.

Mein erster Taucher ist Peter, selbst junger Vater. Kein gutes Gefühl!

Am Einsatzort ist es absolut chaotisch. Nichts Außergewöhnliches für uns.

Wenn die Feuerwehr ankommt, benötigt jemand dringend Hilfe und dann sind die Menschen naturgemäß hektisch oder hysterisch.

Hier ist es etwas anders. Die Leute lassen uns kaum aus unserem Einsatzfahrzeug aussteigen und uns ausrüsten. Alles schreit durcheinander. Ich schnappe mir einen Mann, der mir etwas gefasster erscheint und befrage ihn zu dem Unglücksfall.

Von einer Jacht, die im Hafen in ca. 100 m Entfernung liegt, soll ein 6 jähriger Junge ins Wasser gestürzt sein und ist nicht mehr aufgetaucht. Diese 100 m schaffen wir nie mit unserer Ausrüstung. Wir werden jetzt schon von den Menschen beschimpft, die beklagen, dass wir so lange brauchen. Das wird ein harter Job!

Über Funk gebe ich eine kurze Rückmeldung und fordere weitere Polizeiunterstützung an. Ich sehe zwar einen Streifenwagen, aber keine dazu gehörigen Polizisten. Immer wenn man sie braucht, denke ich.

Die zuständige Feuer- und Rettungswache ist mit zwei Fahrzeugen vor Ort und die Mannschaft versucht uns, soweit es geht, einen freien Zugang zu der Jacht zu schaffen.

Ich sage meiner Mannschaft, dass sie am Fahrzeug bleiben soll und eile zum Unglücksort.

Dort kann ich auf eine Jacht übersteigen, von der aus das Kind in das Wasser gestürzt sein soll. An der Reling der Bootes steht eine Frau –die Mutter- die nur vollkommen abwesend in das Hafenbecken starrt. Die kann mir nicht weiterhelfen. Ich schaue mich um, damit ich jemanden finde, der mir Informationen geben kann. Der erwähnte Mann kommt an und teilt mir mit, dass das Kind vom Bug des Bootes heruntergefallen ist. Damit kann ich was anfangen. In meinem Hinterkopf geistert die Frage herum: warum ist von den Anwesenden keiner im Wasser um einen Rettungsversuch zu unternehmen? Maximale Tiefe hier ist 2,50 Meter. Ich darf so was nicht denken.

Egal, ich muss jetzt handeln. Über Handfunkgerät rufe ich meine Mannschaft zum Boot. Der Einsatzleiter ist auch eingetroffen und ich gebe ihm kurze Informationen. Er hat mich bei der Feuerwehr ausgebildet. Wir kennen uns sehr gut und es bedarf nur kurzer Absprachen. Ich möchte alle Schaulustigen weg haben und eine Betreuung für die Eltern oder sonstige betroffenen Personen.

Die Mutter und der Augenzeuge müssen aus unserem Arbeitsbereich raus. Einsatzleiter, Notarzt, RTW Besatzung und die Polizei sorgen dafür, dass wir ungestört loslegen können.

Ich spreche mit Peter und Signalmann Christoph kurz ab, was ich weiß.

„Peter, bekommst Du es hin?"

„Klar, wenn nicht ich, wer dann?"

Coolness zur Selbstberuhigung.

Warum ist hier keiner ins Wasser gesprungen? Der Gedanke muss weg!

Peter steigt über eine Bordleiter hinab und lässt sich dann ins Wasser gleiten. Christoph, der Signalmann, lässt ihn sanft abgleiten. Gerd hat als Reservetaucher seine Position neben mir an der Reling eingenommen.

Bild: FW 1

Über Leinenzugzeichen wird Peter erst nach links, dann nach rechts geführt. Wir hatten besprochen, dass Peter zuerst direkt unter dem Boot seine Suche beginnt.

Er hat dort unten, in circa 2,50m schlechte Sicht. Der Hafen, als Nebenarm des Rheins, ist hier sehr schlammig.

Der Signalmann sieht zu, dass der Taucher „sanft" an der Leine geführt wird. Der Kontakt über die Signalleine muss noch zu spüren sein, darf aber die Bewegung des Tauchers nicht einschränken oder behindern. Der Signalmann ist für den Taucher, der nichts sieht, das „Auge" an der Wasseroberfläche.

Ohne umfängliche Kenntnis der Einsatzlage, aller Fakten oder Vermutungen, kann der Signalmann einen Taucher nicht führen. Und der Taucher wäre ohne die Vorgaben des Signalmannes hilflos, weil er nicht sehen kann, in welche Richtung er muss. Die Richtungen vor, zurück, rechts, links sind für den Taucher allein nicht zu bewerkstelligen.

Bild: FW 1

Ein Linksschlag, ein Rechtsschlag, einen Meter Leine dazugeben, wieder einen Linksschlag.

Das Rüttelzeichen an der Leine! Peter hat was gefunden. Wir können sein Zeichen zum Zurückholen kaum erwarten. Die Selbstdisziplin wird schmerzhaft. Nur ja keine Panik an den Tag legen. Ich gebe dem Einsatzleiter über Funk durch, dass wir „was" haben und der Rettungsdienst vorrücken soll.

Peter gibt das Rückholzeichen über die Leine und Christoph zieht. Ich stelle mich neben die Bordleiter, um Peter, wenn er an die Oberfläche kommt, zu unterstützen. Als erstes sehe ich knapp unter Oberfläche blonde Haare. Peter hält den Jungen in einer Umarmung vor sich und versucht ihn nun mir anzugeben. Ich schnappe mir einen Arm des Jungen und mit Peters und Gerds Hilfe bekommen wir den leblosen Körper an Bord gezogen.

Bei einem leblosen Körper hat man immer das Gefühl, er wäre doppelt so schwer.

Die Rettungsdienstbesatzung übernimmt den Jungen und beginnt sofort mit der Reanimation. Ich wende mich ab. Unser Job ist getan. Der Taucher muss aus dem Wasser, die Ausrüstung muss sorgsam zusammengepackt werden. Ich sehe aus dem Augenwinkel, wie die Rettungsdienstbesatzung sich mit Hilfe der Polizei und den Kollegen des Löschfahrzeuges zum Rettungswagen durch die Massen der Schaulustigen zum RTW durch kämpft.

Nicht mehr mein Ding, nicht unser Ding! Person aus dem Wasser, an Rettungsdienst übergeben.

Feuerwehr - Deutsch.

Wir sprechen nicht miteinander. Was gäbe es auch zu sagen?

Gut gemacht? Tolle Leistung? Bin stolz auf Euch? Alles Quatsch! Wir stellen uns um Peter und nehmen ihn abwechselnd in den Arm. Keine Berührungsängste unter Männern. Jeder von uns weiß, wie er sich fühlt. Letztendlich fühlen wir uns alle mies und leer. Keine Feuerwehr - Romantik, wie sie vielfach beschrieben wird. Keine Helden.

Warum ist hier keiner ins Wasser gesprungen, um den Jungen zu retten?

Ich darf diesen Gedanken nicht haben! Hier sind Menschen, die unvorbereitet ein Unglück erlebt haben, voller Angst und sehr geschockt sind.

Mich interessiert es nicht mehr. Der Einsatz hat sowieso das Zeug dazu, lange im Kopf zu bleiben und hier und da im Traum zu erscheinen. Wir wollen nicht noch mehr wissen. Es ist halt passiert und wir sind dafür da, dass zu tun, was wir getan haben. Letzte Instanz, nach uns kommt keiner mehr.

Der Einsatzleiter kommt zu mir. „Alles ok?" „Alles ok Chef, wir packen zusammen und sind dann wieder einsatzbereit." Er schaut mich länger an, als es üblich wäre. Er kennt mich gut. Auch er war bei der Tauchertruppe. „Schneid, habt ihr gut gemacht. Im Kopf müsst ihr selber für Ordnung sorgen." Besser hätte er es nicht sagen können.

Zu damaliger Zeit gab es weder ein PSU- Team noch überhaupt einen Ansprechpartner für solche Gedanken oder Sorgen. Hilf Dir selbst!

Das Zusammenpacken dauert länger als sonst. Beschäftigungstherapie, Stressabbau. So langsam kommt auch eine Unterhaltung in Fahrt. „Scheiße" und „besser aufpassen" sind die Schlagwörter. Das hilft! Auch wenn es gegenüber den Menschen, die es betrifft, sehr ungerecht ist.

Der Junge hat nicht überlebt.

Neben einigen unspektakulären Einsätzen im Laufe des Tages, bergen wir am späten Abend die Leiche eines jungen Mannes aus einem See im Norden von Köln.

Eine gebrauchte Dienstschicht!

Tagesablauf auf einer Feuer- und Rettungswache

Seit einigen Jahren ist auf den Kölner Feuer- und Rettungswachen von 09.30 Uhr bis 09.30 Uhr, also 24 Stunden Dienstzeit für den Brandschutz. Der Rettungsdienst hat 12h Schichten, von 07.30 Uhr bis 19.30 Uhr, dann wieder bis 07.30 Uhr. Die Wachen werden besetzt von 2 Wachabteilungen (I. und II. WA). Eine hat immer Dienst. Die Mannschaftsstärke in den Wachabteilungen ist so bemessen, dass etwa die Hälfte der Wachabteilung Dienst, die andere Hälfte frei hat. Das Kölner Dienstplanmodell hier genauer zu beschreiben, wäre zu kompliziert. Dies hat nichts mit Köln zu tun! Alle Schichtplanmodelle sind für Außenstehende kompliziert.

Die Dienstzeiten bzw. Anfangs- und Endzeiten in Köln als gut oder schlecht zu bezeichnen, ist müßig. Jede Stadt, jede Kommune hat ihre Informationen, Philosophien, Traditionen, die zu den Dienstzeiten geführt haben. Es gibt Städte, die früher beginnen, solche, die mittags ablösen oder Städte, die innerhalb der 7-Tage - Woche Schichten von z. B. 10/14/24 Stunden Diensten haben.

In NRW gilt für die feuerwehrtechnischen Beamten eine Wochenarbeitszeit von 48 Stunden im Jahresmittel. Theoretisch reicht es dann aus, wenn der Beamte im Brandschutz zweimal in der Woche zum Dienst kommt. Praktisch ist das nicht durchführbar. Muss der Beamte im Brandschutz rechnerisch 16-mal im Monat hin und zurück fahren um seine wöchentliche Arbeitszeit zu erreichen, kommt der Beamte im Rettungsdienst auf 32 Fahrten.

Viele Kollegen kommen aus dem Kölner Umland, haben zum Teil Anfahrtswege von 80 - 100 Kilometern zu bewältigen. Das ist schon mal nervend.

In der Praxis müssen die Kollegen, die Rettungsdienst fahren, mehrmals im Monat zwischen 24-Stunden- und 12-Stunden- Dienst hin und her wechseln. Als angenehm wird dies nicht empfunden. Bei der hohen Einsatzbelastung im Rettungsdienst ist aber mittlerweile ein 24-Stunden-Dienst nicht mehr vorstellbar. Meine Aussage hier bezieht sich auf die Feuerwache Innenstadt in Köln. Wachen oder Kommunen, die ein geringeres Einsatzaufkommen haben, mögen dies anders sehen.

Alle Feuerwehren leiden unter immensem Personalmangel. Zusatzdienste, also Überstunden, sind die Regel. Die Gründe für den Personalmangel sind vielfältig.

100 Bewerber/innen werden eingeladen. Sollten nach Absolvierung alles Tests 15 übrig bleiben, die dann die Ausbildung auch noch durchhalten, ist das als Erfolg anzusehen. Die Zahl der Neueinstellungen ersetzt auf Dauer nicht die Zahl der Abgänge. Gesetzliche Änderungen (Ausbildung zum Notfallsanitäter) oder Novellierungen (Anspruch auf Elternzeit) können natürlich auch nicht den entstehenden Personalmangel flächendeckend berücksichtigen.

Mangelndes Allgemeinwissen, Wissenslücken in der Rechtschreibung und Mathematik, schlechte körperliche Verfassung sind die Gründe, dass viele Bewerber/innen nicht übernommen werden können. Die Aussicht auf den nicht familienfreundlichen wechselnden Schichtdienst tut sein Übriges. Ostern, Weihnachten, Silvester zählen in der Freizeitberechnung eines Feuerwehrmannes nicht.

Der Tagesablauf auf einer Feuer- und Rettungswache ist durch die Dienststelle und die „Verordnung über die Arbeitszeit der Beamtinnen und Beamten des feuerwehrtechnischen Dienstes im Lande Nordrhein-Westfalen" vorgegeben. Er teilt sich auf in die Grundtätigkeiten Arbeits- und Übungsdienst, Unterricht, Dienstsport, Bereitschaftszeit, Ruhezeit.

Jede Wache in Köln regelt, je nach Einsatzaufkommen, ihre Tätigkeiten auf der Wache individuell. Hier und da müssen Tätigkeiten aus Zeitmangel (Einsätze) vernachlässigt oder verschoben werde. Bis auf eine Tätigkeit: Das Mittagessen zubereiten. Die meisten Feuerwehrmänner, die ich kenne, können kochen. Auf der FW 1 mussten zur Mittagszeit jeden Tag mindestens 30 Portionen bereitstehen. Manch Restaurant wäre glücklich mit dieser garantierten Auslastung. Schlecht, wenn alle über längere Zeit im Einsatz sind. Diese Freiheit in der individuellen Gestaltung der Vorgaben, die die Amtsleitung vertrauensvoll gewährt, ist wichtig. Mit einem starren System zum Zeitablauf würden die Abläufe nicht funktionieren. Feuerwehr besteht auch aus Individualität und Improvisation.

Küche FW 1

Bilder: Enrico Mohr FW 1

Mittagspause FW 1

Hauptgebäude FW 1

Bilder: Enrico Mohr FW 1

Fahrzeughalle Rettungsdienst

Fahrzeughalle Brandschutz

Auf der FW 1 stehen 7 Rettungsdienst- und 7 Feuerwehrfahrzeuge. Pro Schicht (24 Stunden) ist ca. 100 bis 120-
mal ein Alarmgong und eine Durchsage zu hören. Die
Alarme in den Ruheräumen werden zu bestimmten Zeiten
selektiert. Trotzdem ist der Alarmgong omnipräsent. Das
Gebäude ist sehr hellhörig. Eine so genannte „stille Alarmierung", die technisch bei vielen Feuerwehren Einzug
gehalten hat, weil sie sich der krank machenden Lärmbe-
lästigung bewusst sind, war selbst bei meiner Pensionierung 2017 noch Zukunftsmusik. Kölner Feuerwehr-Philo-
sophie. Die Feuerwache liegt an der „Nord-Süd Fahrt".

Eine Straße, die täglich tausende Autofahrer benutzen. Feinstaubproblematik? Die Abgasgerüche in den Sozialräumen und die schwarzen Spuren an den Fensterlaibungen zeigen es.

Für den Feuerwehrlaien: es gibt keinen Raum auf einer Feuer- und Rettungswache ohne Lautsprecher. Nein, auch nicht die Toiletten oder Duschen. Egal, was man in diesen Räumen auch macht. Bei Alarm heißt es tagsüber 45 Sekunden Zeit zum Ausrücken, nachts 90 Sekunden. Probieren sie es bei sich zu Hause. Es wird nicht funktionieren.

Warum Arbeits- Übungsdienst?

Der Arbeitsdienst bezieht sich auf den Unterhalt, die Wartung und Überprüfung der Fahrzeuge, Geräte und Reinigung der Wache, Bestellung von Verbrauchsmaterialien usw. Umgangssprachlich „klar Schiff machen", damit alles funktioniert und sauber ist.

Die Tätigkeit der Feuerwehren ist auf Automatismen ausgerichtet. Alle Geräte, alle Handgriffe müssen immer sitzen. Nicht nur mit der Drehleiter muss täglich geübt werden. Löschwasserpumpen in den Fahrzeugen, Motor-Kettensägen, Trennschleifer, Werkzeuge zur technischen Türöffnung usw. müssen „blind" bedient und beherrscht werden. An der Einsatzstelle ist keine Zeit dafür, erst eine Bedienungsanleitung zu lesen. Taktiken und Abläufe, egal ob im Brandeinsatz oder der technischen Hilfeleistung, können nicht erst diskutiert werden. Sie müssen in den Köpfen drin sein. Noch wichtiger ist dies im Rettungsdienst.

Standardisierte Abläufe retten Menschenleben!

Bild: Dr. Jörg Schmidt Feuerwehr Köln

Bild: Lothar Schneid

Übung mit der Drehleiter

Bild: Miklos Laubert

Übung Person im Eis eingebrochen

Bild: Lothar Schneid

Übung Rettung Feuerwehrmann im Wasser

Bild: Lothar Schneid

Übung Rettung verletzter Feuerwehrmann

Bild: Lothar Schneid

Übung Brandbekämpfung Kölner Dom

Bild: Lothar Schneid

Übung Schiffsbrandbekämpfung durch eine Lüftungsluke

Bild: Lothar Schneid

Übung mit Chemikalienschutzanzug (CSA)

Bild: Miklos Laubert

Übung mit Presse, Rettung einer Person aus dem Rhein

Warum Unterricht?

Es gibt immer was zu lernen. Angefangen von Dienstvorschriften, über digitale Funktechnik bis zu Straßensperrungen oder Veranstaltungen, die im Einsatzgebiet für Behinderungen sorgen. Sehr viel Wert habe ich immer auf Straßenkunde gelegt. Der Feuerwehrmann muss im Einsatzfall wissen, wie er auf dem schnellsten Wege zur Einsatzstelle geht. Ohne Navigationsgerät! Sicher ist so ein Gerät hilfreich, aber es zeigt eben nicht alles an. Eine Baustelle, die so eng ist, dass ein Feuerwehrfahrzeug nicht durchpasst, erscheint nicht auf dem Display. Und bei der Masse an Baustellen und Stau in Köln würde das Navi irgendwann wahrscheinlich aus Frust demontiert und weggeworfen werden.

Warum Dienstsport?

Ein Feuerwehrmann muss fit sein! Optionslos! Wie erkläre ich dem Menschen in Not, der auf der 4. Etage wohnt, dass ich nach zwei Etagen Pause machen muss, weil ich keine Luft mehr habe. Geht gar nicht. Mir sind Feuerwehrmänner mit 30 Kilogramm Übergewicht, die alle 20 Meter schnaufend stehen bleiben, ein Gräuel. Schnell und effektiv soll unsere Vorgehensweise sein. Nicht langsam und mit Luftnot. Fußball und Volleyball sind die in Köln beliebten Sportarten beim Dienstsport. Natürlich immer einsatzbereit. Ist man in einem intensiven Fußballspiel und es kommt ein Alarm heißt es, Ball in die Ecke, verschwitzt in die Einsatzkleidung und ab zum Einsatz.

Warum Bereitschaftszeit?

Die Definition der Bereitschaftszeit hat es bis zum europäischen Gerichtshof geschafft. Unabhängig von dem Urteil wird die Bereitschaftszeit auf den Feuer- und Rettungswachen anders „gelebt". Es ist die Zeit, bei der man sich mal zusammensetzen kann, um fernzusehen, um über Einsätze, die Familie oder Gott und die Welt zu reden. Oder sich zurückziehen, um etwas Ruhe zu haben. Ruhe? Ruhe auf der FW 1 ist kostbarer als Gold. Gold ist nur schwer zu finden, Ruhe auf FW 1 auch.

Warum Ruhezeiten?

Kein Feuerwehrmann kann 24 Stunden durcharbeiten. Bei der Berufsfeuerwehr Köln ist Ruhezeit von 13.00 Uhr bis 15.00 Uhr und von 22.00 Uhr bis 06.00 Uhr angesagt. Mittags legt man sich dann gerne mal auf sein Bett, um Kraft für die Nacht zu haben. Immer angespannt und mit einem offenen Ohr für den Alarmgong. Es gibt für einen Feuerwehrmann kaum Peinlicheres, als einen Alarm „verschlafen" zu haben. Die Ausrückezeit verzögert sich – der Feuerwehrmann muss aus seinem Ruheraum geholt werden - und damit verzögert sich auch das Ankommen an der Einsatzstelle. Das ist unprofessionell, geht gar nicht! Ein nicht angenehmes Gespräch mit dem Vorgesetzten steht dann an. Ich habe es in meinen Dienstjahren zweimal erleben dürfen.

Der Raucherraum.

Diesen Raum gibt es nicht mehr! In keinem städtischen Gebäude ist heute noch Rauchen erlaubt. Deswegen habe ich diesen Raum nicht erwähnt. Er ist virtuell, nicht vorhanden, nicht erlaubt, nicht existent. Auf keiner Feuer- und Rettungswache. Basta!

Der Raucherraum auf FW 1 ist der gemütlichste Aufenthaltsraum, den ich kenne. Großbild TV, abgegriffene Tische, durchgesessene Stühle. In Eigenarbeit renoviert und mit Kölner Devotionalien geschmückt. Da es, wie ich aufgeführt habe, keinen Raucherraum in einem städtischen Gebäude gibt, ist es halt der zweite Fernsehraum. Hier trifft sich die gesamte Wachbesatzung. Es wird Politik gemacht, geweint, gelacht, über alles und jeden geschimpft, Heldengeschichten erzählt. Geraucht wird manchmal auch. Fenster und Türen auf, dann geht es. Der Raum ist die soziale Auffangstation der Wache. Der Fernseher läuft rund um die Uhr und mit etwas Glück, sieht man zwischen drei und vier Uhr am Morgen auch was dort läuft. Nach einem „schlechten" Einsatz geht man in den Raucherraum und alle richten einen auf, helfen, die schlechten Gedanken zu verscheuchen. Damit ist klar…der Raucherraum wird niemals verschwinden, egal ob es ihn gibt oder nicht.

Bild: Enrico Mohr FW 1

P - TUER

„P - TUER" ist ein Einsatzstichwort, das im Klartext „vermisste oder hilflose Person in einer Räumlichkeit/Wohnung" bedeutet.

Routineeinsatz in einer Großstadt. In all den Jahren wurde dieses Einsatzstichwort für mich zum Synonym für das ständige Erleben von menschlichem Leid und Anonymisierung in unserer Gesellschaft. Hunderte von diesen Einsätzen habe ich erlebt. Aus diesem Grund widme ich dieser Einsatzform ein eigenes Kapitel.

Die Parameter zur Alarmierung der Feuerwehr sind fast immer gleich. Irgendjemand meldet der Leitstelle der Feuerwehr, dass sich in einer Wohnung eine Person befindet, die entweder schon längere Zeit nicht mehr gesehen wurde oder krankheitsbedingt (Sturz o. ä.) hilflos in einer Wohnung liegt, und niemand bekannt oder erreichbar ist, der die Wohnung öffnen kann. Auch kann durch die Polizei eine Straftat vermutet werden und sie kommt ohne technische Hilfsmittel nicht in die Wohnung. Dann kommt die Feuerwehr ins Spiel, da durch die Türöffnung im Auftrag der Polizei eine so genannte Amtshilfe durchgeführt wird.

Ein Mehrfamilienhaus im rechtsrheinischen Köln. Die Polizei hat um Amtshilfe gebeten, da eine Wohnungstüre geöffnet werden muss. Es wird vermutet, dass der Mieter tot in seiner Wohnung liegt. Am Ort ist der typische Fäulnisgestank im Hause festzustellen, hervorgerufen durch den beginnenden Verwesungsprozess eines Menschen. Über die Drehleiter versuchen wir in die Wohnung in der zweiten Etage Einblick zu bekommen.

Die Fenster sind mit schwarzem Stoff verhangen, aber es sind hunderte von Fliegen an den Fenstern zu sehen. An der Wohnungstüre nehme ich die Verriegelung in Augenschein. Technisch kein Problem für uns. Was mich stört, ist ein weiterer Geruch, den ich nicht klassifizieren kann. Ich führe mit dem Gasmessgerät von unserem LF eine Kurzanalyse durch. Ohne Ergebnis. Kein brennbares Gas in der Umgebungsluft. Meine Kollegen auf der Drehleiter weise ich an, ein Fenster der Wohnung einzuschlagen. "Mal gucken, was passiert." Nichts passiert, nur, dass hunderte von Fliegen das Weite suchen und der Kollege auf der Drehleiter sich über den Gestank mokiert. „Soll ich einsteigen?" fragt er mich. Ich entscheide mich dagegen. Einer alleine über die Drehleiter ist nicht so günstig, wie mehrere durch die Wohnungstüre. Die restlichen Wohnungen in dem Haus sind leer. Somit besteht keine Gefahr für weitere Bewohner. Meinen Angriffstrupp lasse ich mit Atemschutzgeräten und Schutzanzügen ausrüsten Die Polizei hat ihrerseits Verstärkung angefordert. Hier weiß niemand, was uns erwartet.

In weniger als einer Minute ist die Wohnungstüre geöffnet. Bestialischer Gestank schlägt uns entgegen. Der Angriffstrupp geht, mit starken Handscheinwerfern ausgerüstet, langsam in die Wohnung. Ich lasse einen Lüfter vor die Haustüre stellen, damit wir etwas Frischluft bekommen. Was im Schlafzimmer der Wohnung vorgefunden wird, ist unfassbar bizarr. Ein Mensch, eingepackt von Kopf bis Fuß in Folie, wie ein Paket, liegt auf dem Bett. Er erscheint sehr groß und sehr dick. Der Fäulnisprozess ist schon fortgeschritten. Zu seinem Kopf führt ein Schlauch, der an eine Stickstoffflasche angeschlossen ist. Es ist schemenhaft zu erkennen, dass er offensichtlich ein Mundstück wie von einer Tauchausrüstung im Mund hat.

Der Mensch ist schon länger tot. Das heißt für uns erst mal nichts anfassen oder groß verändern, soweit es geht. Dutzende von abgebrannten Räucherstäbchen sind zu sehen. Daher auch der „zweite" Geruch. Die polizeilichen Ermittlungen sind wichtiger. Wir erfahren, dass der Mann über 2 Meter groß ist und an die 200 KG wiegt.

Die Geschichte zu dem Mann: Er hat sich von Kopf bis Fuß in Frischhaltefolie eingepackt, eine Apparatur gebaut, über die er Stickstoff einatmete. Er ist also erstickt. Welche Gedankengänge haben den Mann dazu gebracht, auf diese Art seinen Freitod zu inszenieren.

Mir stellt sich spontan die Frage, wie die Leute des Leichenfuhrwesens den Mann nach Abschluss des Einsatzes hier herausbekommen. Der Treppenraum ist sehr eng, das wird schwierig. Mit meiner Mannschaft bin ich mir einig. Hier sind wir noch nicht fertig. Genau so kommt es. Um den Leichnam aus der Wohnung zu bekommen, müssen wir ein Fenster demontieren und einiges an Mauerwerk heraus stemmen. Dann wird der Mann über diese Öffnung in eine Schuttmulde gelegt, die an unserem Feuerwehrkran hängt, und zur Straße abgelassen. In einem geschlossenen LKW von uns wird der Mann zur Rechtsmedizin transportiert. Einsatzdauer insgesamt sechs Stunden. Es sollte eigentlich nur eine Tür geöffnet werden.

Ganz klar, dieser Einsatz ist nicht die Regel, auch für uns außergewöhnlich.

Bild: Lothar Schneid

Vorgefundene Stickstoffflasche

Die hohe Anzahl dieser Einsätze ist für eine Großstadt nicht außergewöhnlich. Vereinsamung der Menschen, Gleichgültigkeit der Menschen aus dem Umfeld sind die ausschlaggebenden Faktoren. Köln hat nach Lissabon die am dichtesten besiedelte Innenstadt Europas. Geht man nach den demografischen Daten - höhere Sterberate als Geburtenrate - spiegelt sich das in den Großstädten dahingehend wieder, dass viele ältere Menschen gerade in den alten Stadtvierteln wohnen. Sehr häufig alleine. Der klassische Familienverbund ist nicht vorhanden. Kinder, sonstige Verwandte leben häufig weit entfernt. Die stetig anwachsende Zahl an häuslichen Pflegediensten, „Essen auf Rädern", Notrufzentralen, fehlenden Plätzen in Altenheimen etc. belegen dies.

Häufig werden wir durch Pflegedienste alarmiert, die vor der verschlossenen Wohnungstür des Patienten stehen und nicht reinkommen. Alte Menschen sind oft misstrauisch. Der Pflegedienst hat keinen Zweitschlüssel bekommen, Nachbarn haben keinen Zweitschlüssel: man kennt ja keinen mehr und der nächste Angehörige wohnt 40 Kilometer entfernt. Keine Zeit zu warten. Dann verschafft sich die Feuerwehr gewaltsam Zutritt zu der Wohnung, oft einhergehend mit nicht zu verhinderndem hohen Sachschaden. Der alte Mensch ist im Badezimmer gestürzt, liegt jetzt verkeilt zwischen Toilette und Badewanne. Toilette demontiert, Patienten möglichst schonend aus der Zwangslage befreit. Diagnose: mindestens Oberschenkelhalsbruch. Für viele alte Menschen die Vorstufe zum Sterben, da sie nie mehr richtig auf die Beine kommen. Es ist mir unmöglich zu zählen oder zu schätzen, wie oft wir diese Situation bei „P-TUER" Einsätzen erlebt haben. Die Zahl ist sehr hoch.

Diese Einsätze finden keinen Platz in der öffentlichen Berichterstattung über die Tätigkeit der Feuerwehr. In der

Außendarstellung eher unspektakulär. Der Feuerwehrmann wird auch nicht darauf vorbereitet. Er lernt die technische Seite des Einsatzes. Wie kann er womit Türen oder Fenster möglichst schnell mit minimalem Schaden öffnen.

Die negative Krönung des Ganzen ist dann im Nachhinein die Klage eines uneinsichtigen Hauseigentümers oder Verwalters, der, ohne vor Ort gewesen zu sein, den angerichteten Schaden als unverhältnismäßig ansieht, obwohl er den Sachschaden durch die Kommune ersetzt bekommt. Der Grundsatz „Mensch in Not" ist nicht in ihrer Denkweise.

Wohnen 20 Personen in einem Haus in der Kölner Innenstadt, ist die Wahrscheinlichkeit hoch, dass die alte kranke Frau Schmitz in der zweiten Etage von niemandem im Haus wahrgenommen wird. Sie hat eventuell auch keine Verwandten mehr, oder die Verwandten haben keine „Verwendung" mehr für sie. Sie ist schon einige Jahre krank, alles fällt ihr schwer. Die Schlaftabletten von ihrem verstorbenen Mann - er war Schichtarbeiter und hatte immer Schlafprobleme - liegen noch im Medizinschrank. An einem düsteren kalten Novembertag erinnert sie sich an diese Tabletten und schluckt sie alle auf einmal. Der Hausarzt erinnert sich nicht an die Frau Schmitz - sie ist als chronisch Kranke sowieso nur eine Last für seine Budgetierung - Post bekommt sie auch nicht viel.

So langsam bemerken die Hausbewohner einen merkwürdigen Geruch im Haus. Es ist mittlerweile kurz vor Weihnachten.

Einer aus der ersten Etage - er hat gerade Urlaub - erinnert sich daran, dass er von der Frau Schmitz schon länger nichts mehr gehört hat. Ach, die ist bestimmt bei ihren Kindern, die er allerdings noch nie gesehen hat, aber der Gedanke beruhigt ihn. Wenn nur der Gestank im Haus nicht immer schlimmer würde. Und das jetzt kurz vor Weihnachten. Da muss doch alles in Ordnung sein. Die Familie aus der dritten Etage sieht am Tag vor Heiligabend so viele Maden an der Wohnungstüre der Frau Schmitz…und dieser Gestank!

Feuerwehr, Rettungsdienst, Polizei, Türe aufgebrochen. Frau Schmitz liegt im Verwesungszustand in ihrem Bett.

Zu Leichen, Maden und Fäulnisgestank muss ich etwas einfügen. Kein Mensch sieht oder riecht gerne eine faulige oder verweste Leiche. Es ist „nur" zersetztes organisches Gewebe. Ein in der Sonne liegendes Steak riecht nach einigen Stunden oder Tagen genauso. Aber alleine die Tatsache, dass es sich um einen Menschen handelt, schreckt ab. Zu den Berufen Feuerwehrmann, Arzt, Polizeibeamter oder Bestatter gehören der Anblick und der Umgang mit diesen Leichen dazu.

In meiner Rettungsdienstzeit bei der Berufsfeuerwehr konnte ich öfter mit unseren Notärzten zu Fortbildungen in die Rechtsmedizin bzw. zum pathologischen Institut der Universität Köln fahren. In diesen Seminaren bekam ich eine andere, nicht schreckhafte, Einstellung zu Verstorbenen. Dort geht es um die Wissenschaft, nicht um die Tragik. Das half mir insofern, dass ich professionellen Abstand zu den „fiesen" Leichen bekam. Seitdem interessierte mich der Zustand der Leiche mehr, als dass ich mir Gedanken um die Umstände, die zum Tod führten, machte.

Irgendwann bekam ich ein Buch von Dr. Mark Beneke in die Hand (u. a. „Mordspuren"). Mark Beneke ist Kriminalbiologe und kommt aus Köln. Er schafft es, in seinen Büchern eine enorme Fachkompetenz in derart einfache Worte zu fassen, dass jeder verstehen kann, was es mit verfaulten, verwesten Menschen auf sich hat. Ihn als bekanntesten Kriminalbiologen der Welt zu bezeichnen, ist nicht übertrieben. In Köln darf man ihn auch gerne Paradiesvogel nennen. Finden Sie selbst heraus, warum. Seine Kölner Mentalität hilft ihm bestimmt auch, das traurige Thema Tod auf seine Art zu erforschen.

Trotzdem, an der Geruch der verfaulten Leichen habe ich mich nie gewöhnt!

Wir haben auch unsere „Stammkunden", die auf Grund ihrer sozialen Situation immer wieder mal hilflos in ihrer Wohnung liegen. Sie werden dann im Krankenhaus medizinisch versorgt und aufgepäppelt, danach wieder entlassen. Es ist in unserem Land offensichtlich nicht möglich, dass kommunale oder paritätische Einrichtungen solche Menschen auffangen können. Wir melden diese Einsätze immer an entsprechende Stellen. Daran kann es nicht liegen. Drei Querstraßen von meiner Wache entfernt lebte so ein „Stammkunde". Bei der fünften Türöffnung fanden wir ihn in einem erbarmungswürdigen Zustand tot in seinem Wohnzimmer liegend.

Sommer 2016. Hohe Temperaturen, über 30 Grad Celsius. Siebenmal „P-TUER" in drei hintereinander folgenden Schichten mit Toten im Fäulnisstadium.

Einzelfälle? Zu sehr pauschalisiert? Kann man so nicht sagen?

Keine Einzelfälle, nicht pauschalisiert und ich kann es so sagen!

Das große Problem:. Jeder ist sich selbst der Nächste, oberflächlich, die eigene Ordnung muss sein. Weg gehört, weg geschaut. Geht mich nichts an. Sich eher anonym in sozialen Netzwerken engagieren, als für den Nachbarn.

Das ist sehr subjektives und überspitztes Denken eines Feuerwehrmannes, der diese Geschichte schon viel zu oft erlebt hat. Und es ist bei weitem nicht alles in unserem Land so düster, wie ich es umschrieben habe. Da ich es aber schon so oft in dieser oder etwas abgewandelter Form erlebt habe, nehme ich mir das Recht heraus zu sagen: „Es stinkt in unserem menschlichen System. Der Gestank ähnelt dem Fäulnisgestank."

Der Widerspruch zu dem bisher Geschriebenen ist das Glücksgefühl, welches einen Feuerwehrmann nach „P TUER" Einsätzen überkommen kann. Nicht alle Einsätze sind dramatisch, belastend oder mit großem Leid verbunden. Wenn der Mensch in der Wohnung noch lebt, gibt nichts Schöneres, als durch das eigene Können den Menschen gerettet zu haben. Es kommt zu vielen intensiven Begegnungen mit Menschen, die man meist nie mehr im Leben sieht. Trotzdem: die Fragen: „warum ist es so weit gekommen" bis zu: „wie geht es eigentlich Frau/Herr...?" ist nicht existent. Vielleicht auch gut so.

Bild: Lothar Schneid

Messie – Wohnung, die durch die Feuerwehr gewaltsam geöffnet werden musste. Es wurde ein toter Mann gefunden

Wolfsstunde

Ein Begriff, den der eine oder andere schon mal gehört hat.

In meinen ersten Jahren bei der BF Köln hatte der Begriff eine feste Bedeutung.

Es brennt am häufigsten in oder kurz nach der Wolfsstunde.

Per Definition ist die Wolfsstunde die Zeit zwischen 3 und 5 Uhr morgens.

Ich sollte besser schreiben, es brannte am ehesten in der Wolfsstunde. In der heutigen Zeit, mit einem höheren Sicherheitsstandard, ist die Wolfsstunde nicht mehr das, was sie war bzw. hat nicht mehr diese Bedeutung

Warum also brannte es in der Wolfsstunde.

So etwa 30 Jahre zurückgedacht mit der Vorstellung, wie die Menschen geheizt haben, welche Baustoffe bzw. Materialien verbaut waren, kurz, wie die Häuser oder Wohnungen eingerichtet waren.

Viele Haushalte haben damals ihre Wohnungen mit Kohle- oder Ölofen beheizt. Abends wurde dann für die Nacht Brennstoff aufgelegt oder nachgefüllt, die Luftzufuhr noch gedrosselt, damit der Brennstoff noch leicht brannte, aber nicht verbrannte. Am Morgen konnte dann das Feuer wieder zum Leben erweckt werden. Die Menschen gingen ins Bett mit der Gewissheit, dass sie am nächsten Morgen nicht durchgefroren und ohne Eisblumen an den Fenstern aufwachten.

Häufig war es so, dass Ofenrohre oder Kamine nicht die nötige Sauberkeit hatten. Sie waren innen mit einer dicken Rußschicht versehen, die plötzlich zu brennen begann. Tagsüber bemerkte man dies und konnte zeitig reagieren. Nachts dagegen, die Wolfsstunde ist die Tiefschlafphase, konnte sich die entstehende hohe Wärme meist ungehindert ausbreiten und in der Nähe stehende Möbelstücke oder sonstige Dinge in Brand stecken. Rauchmelder, die heute Standard sind, gab es noch nicht.

Oft wurden die Öfen auch mit zu großer Hitze betrieben. In den zahlreichen Altbauten, die es noch gab, waren Holzfußböden verbaut. Auch die konnten anfangen zu brennen. Das ging zum Teil soweit, dass die Öfen in die Etage darunter stürzten. Der Feuerwehreinsatz war dann etwas größer.

Da diese Vorgänge einige Stunden benötigten, kam es dann häufig in den Morgenstunden, eben zur Wolfsstunde, zu einem ausgedehnten Brand. Die Wolfsstunde war bei uns nicht genau auf eine Uhrzeit festgelegt. Alle Brände nach zwei Uhr morgens passierten halt in der Wolfsstunde. Bei der Feuerwehr gibt es viele Dinge, die mit irgendeinem - nicht belegbaren oder ernst gemeinten - Aberglauben behaftet sind. Aber die Wolfsstunde hatte zur damaligen Zeit nicht nur ihren festen Platz im Feuerwehrjargon, sie passte auch häufig.

02.25 Uhr. Wolfsstunde. Der Löschzug wird zu einem Brand alarmiert. Die Adresse ist mir bekannt. Zwei Häuser weiter wohnen Bekannte von mir. Ich bin auf dem TLF.

Mit zwei weiteren Kollegen umfasst unsere Funktion das Verlegen der Wasserversorgung für den ersten

Angriffstrupp, danach bilden wir den zweiten Angriffstrupp. Die Straße ist zweigeteilt, kreuzt eine Hauptverkehrsstraße.

Wir haben auf der Wache selbst erstellte Straßenregister, auf denen zu sehen ist, wo sich welche Hausnummer befindet. Onlinekarten oder Navigationsgeräte gehörten noch in den Bereich der fernen Zukunft.

Etwa 300 m vor der Einsatzstelle können wir Rauch riechen und trotz der Dunkelheit –in einer Großstadt ist es niemals dunkel- auch sehen.

Oh Mann...das LF und die DL fahren rechts statt links ab. Ich weise sie über Funk darauf hin. Die Fahrzeuge fangen an zu rangieren und wir biegen stattdessen als erstes Fahrzeug links ab.

Eine fette schwarze Rauchwolke kommt aus mehreren Fenstern aus dem zweiten Geschoss. Der Fahrer vom TLF will einige Meter an dem Haus vorbei fahren, um der nachrückenden DL genug Platz zum Anleitern zu lassen. Vollbremsung! „Person gesprungen" höre ich den Fahrer rufen. Wir springen raus. In dem Moment gibt es eine Durchzündung in der Brandwohnung, ein Fauchen, Klirren, Rauschen und meterlange Flammen schlagen aus den Fenstern. Schreie von Menschen aus dem Haus, sowie von denen auf der Straße. Wo kommen die plötzlich alle her?

Vor dem TLF liegt eine junge Frau auf der Fahrbahn. Bewusstlos, stark blutend, Brandwunden erkennbar, zerrissene Kleidung.

Aus den Augenwinkeln bemerke ich, dass die anderen Fahrzeuge von uns in die Straße einbiegen. Meine Kollegen und ich ziehen die Frau von der Fahrbahn und ich sage dem Fahrer, er solle weiterfahren. Hier brauchen wir dringend die DL. Über Funk regeln wir, dass weitere Rettungswagen und ein Notarzt nachrücken.

Ich sage meinem Zugführer kurz, welche Kenntnisse ich bis dahin habe. Außer dem was ich gesehen habe ist es nicht viel. Zwei Kollegen von mir kümmern sich um die verletzte Frau. Ich laufe durch eine Toreinfahrt, um die Rückseite des Hauses in Augenschein zu nehmen. Ich sehe Fenster, die noch nicht zerbrochen, aber schwarz sind. Keine Personen zu erkennen. Also wieder nach vorne. Über Handfunkgerät habe ich gehört, dass der Angriffstrupp in die Wohnung geht. Ich bin in der Toreinfahrt, da höre ich die gleichen Geräusche wie bei unserem Eintreffen.

Eine Durchzündung, jetzt nach hinten raus. Unser Angriffstrupp ist da drin. Ganz schlecht!

Ich muss mich nicht erst vergewissern, ob unseren Leuten da oben was passiert ist. Ich weiß es einfach. Auf dem TLF befinden sich 50 m Schlauch, die nicht erst aufwändig gerollt werden müssen. Nur abziehen, wie ein Gartenschlauch. Ich laufe hin, sage dem Maschinisten Bescheid und buckele mit dem Schlauch wieder durch die Toreinfahrt. Druck ist drauf, Strahlrohr geöffnet und mit 8 Bar schießen 100 Liter in der Minute durch die Flammen in die Wohnung. Den Brand kann ich dadurch zurückdrängen. Im Funkgerät höre ich, dass es unserem Angriffstrupp nicht so gut geht. Der zweite Trupp, zu dem ich eigentlich gehöre, ist auf dem Weg zur Brandwohnung. Dem Zugführer hatte ich mein Handeln kurz mitgeteilt und er hatte den zweiten Trupp neu zusammengestellt. Wir sind vielleicht erst 5-7 Minuten hier und es ist schon so viel geschehen.

Aus dem schwarzen Rauch wird weißer Rauch vermischt mit Wasserdampf. Aha, ein Trupp ist drin und löscht. Ich stelle mein Strahlrohr ab, laufe wieder nach vorne.

Der erste Angriffstrupp sitzt auf dem Bürgersteig mit dem Rücken an die Hauswand gelehnt. Zwei von ihnen werden von Kollegen gerade entkleidet. Sie sind bei Bewusstsein, aber kohlrabenschwarz. Ich sehe bei beiden Hautfetzen von den Ohren herabhängen, die Gesichtspartie, wo die Atemschutzmaske sitzt ist unversehrt. Dem dritten Kollegen geht es offenbar besser, er sieht nicht so mitgenommen aus.

Was war passiert?

Der Brand an sich ist durch einen defekten Ölofen ausgelöst worden. Die junge Frau, die aus dem Fenster gesprungen war, ist durch irgendwas geweckt worden, ins Wohnzimmer gegangen und hatte den Brand oder die starke Verrauchung bemerkt. Sie wollte dann offensichtlich das Fenster des Raumes öffnen, ist durch das aufkommende Feuer in ihrem Rücken überrascht worden und dann in Panik aus dem Fenster gesprungen.

Durch das geöffnete Fenster strömte mehr Sauerstoff in die Wohnung und es kam zur ersten Durchzündung. Der Angriffstrupp versuchte die Wohnung auf weitere Personen zu durchsuchen, da wir nicht wussten, ob die Frau alleine dort war. Als sie sich bei null Sicht in das Wohnzimmer vor getastet hatten, ging der Rest des Heizöls aus dem Ofen explosionsartig in Flammen auf. Die zwei Kollegen, die in dem Raum waren, haben die Stichflamme, obwohl sie auf den Knien gekrochen sind, voll abbekommen. Der dritte Kollege hielt sich einen Meter dahinter im Flur auf und hat so gut wie nichts abbekommen. Feuerwehr-Risiko! Feuerwehr-Glück!

Auch dieses Feuer war irgendwann gelöscht. Meine Bekannten aus der Straße kamen noch zu mir und wollten allerlei Dinge wissen. Ich hatte keine Lust auf sie und ließ sie stehen. Sie haben es mir verziehen.

Die zwei Kollegen waren mit Verbrennungen an den Ohren und dem Nacken im Krankenhaus, ebenso die junge Frau. Unser Notarzt war guter Dinge, dass sie durchkommt. Na, wenigstens was. Wir tauschten unsere Emotionen und Erlebnisse aus und rückten irgendwann wieder ein. „Feuer in der Wolfsstunde" meinte ein Kollege noch. Wie wahr.

Tragisch

Zwei Jahre nach dem Brand holten wir eine Frau unter einer Straßenbahn hervor. Sie war in der U-Bahn vor den Zug gesprungen. Es war die junge Frau, die den Brand überlebt hatte. Da ich sie vorher flüchtig gekannt hatte, erkannte ich sie trotz schwerer Brandnarben im Gesicht wieder. Ich habe nie erfahren, warum sie Suizid verübt hat, wollte es auch nicht wissen. In meinem Kopf waren schon damals genug Erlebnisse, die mich manchmal nicht schlafen ließen.

Wieder in der Wolfsstunde

Um kurz nach 2.00 Uhr in der Nacht geht der Alarmgong durch alle Räume.

Wir werden als zweiter Löschzug zur Unterstützung in einen Nachbarbezirk alarmiert. Bei der Durchsage erfahren wir, dass dort ein Dachstuhl brennt. In dem betroffenen Stadtbezirk gibt es noch viele alte Häuser aus der Jahrhundertwende. Wenn es in so einem alten Dachstuhl zu einem Brand kommt, dann brennt er auch lichterloh. Stimmt. Bereits auf der Anfahrt können wir den Feuerschein sehen.

Fotograf unbekannt

Dachstuhlbrand

Bilder: Feuerwehr Köln

Menschenrettung über Drehleiter

Fotograf unbekannt

Fotograf unbekannt

Vollbrand über mehrere Etagen

Ich soll mit meinem Trupp den Trupp abzulösen, der den Brand in der oberen Etage bzw. im Dachstuhl bekämpft. Feuer über uns mögen wir genauso wenig, wie Feuer hinter oder unter uns. Der kontrollierte Löschangriff ist nicht so gegeben, wie einem Brand VOR uns. Egal, es ist unser Beruf. Wir gehen da rein, wo andere raus laufen.

Auf dem Weg über den Treppenraum nach oben treffen wir den Trupp, den wir ablösen. Mit dem Truppführer habe ich bei der BF Köln zusammen angefangen. Irgendwie immer beruhigend, wenn man jemanden trifft, den man kennt und dem man vertraut. Eine kurze Einweisung in die Lage dort oben.

Mein Lehrgangskollege sagt noch zu mir: „Passt auf die Holzdielen auf, die sind zum Teil schon weggebrannt." Alles klar!

Es fallen Funken und kleine Trümmerteile auf uns herab. Der Strahlrohrführer öffnet das Rohr und schießt erst mal Wasser nach oben, in der Hoffnung, dass der Rauch etwas zurückgedrängt werden kann und die Hitze nachlässt. Denn Sicht haben wir keine. Beim Vortasten kommen wir an eine Türe. Wohnungstüre, Speichertüre? Sie lässt sich aufdrücken und dahinter ist der Vollbrand zu sehen. Ideal! Das Strahlrohr wird geöffnet und 100 Liter Wasser in der Minute schießen auf den Brand. Über Handfunkgerät höre ich, dass von außen auch über die DL gelöscht wird. Jetzt ist es nicht nur heiß, wir werden wahrscheinlich gleich auch noch eine Wasserdusche von oben bekommen. Wir hocken in einer Art Dreieck zusammen. Vorne der Strahlrohrführer, rechts hinter ihm ein weitere Truppmann, links hinter ihm hocke ich. Ich möchte mir einen etwas besseren Überblick verschaffen und krieche neben den Strahlrohrführer. Vielleicht kann ich dann die Räumlichkeit etwas besser einsehen.

Der berühmte Schritt zu viel! Ich breche durch die Holzdielen, stürze ab und finde mich zwei Etagen tiefer auf einem Treppenpodest wieder. Erst mal Schock. Bewegen kann ich alles, aufstehen kann ich, die Atemschutzmaske habe ich noch an und mein Helm liegt neben mir. Es läuft Wasser von oben auf mich herab. Dann sind plötzlich meine Truppmänner bei mir.

„Wie geht's, alles klar, kannst Du gehen, was schmerzt?"

Über Handfunkgerät gebe ich die Situation an den Einsatzleiter durch und mein Trupp führt mich nach unten. Meine Handgelenke fangen an zu schmerzen. Der nächste Trupp kommt uns entgegen. Dieselben Fragen. „Alles soweit ok "meine Antwort. „Ach ja, passt auf die Holzdielen auf, die sind zum Teil schon weggebrannt."

Draußen erzähle ich dem Einsatzleiter, was passiert ist. Er meint, wir sollten uns erst mal in ein Löschfahrzeug setzen und auf den RTW warten. Der erste RTW ist bereits mit einem Kollegen Richtung Krankenhaus.

„Was ist passiert?" „Der ist auf dem Gehsteig über einen Schlauch gestürzt und hat sich beide Handgelenke gebrochen." Verrückt!

Ich sehe nicht gut aus. Hose zerrissen, der Kopf und das Gesicht voller Ruß und meine Handgelenke schmerzen immer mehr. Ich kann die Hände nur unter Schmerzen leicht bewegen. Christoph, einer meiner Truppmänner meint lächelnd: „So kann man auch abhauen, wenn es zu heiß wird." Es war wohl wirklich so, dass alle Holzdielen noch getragen haben, nur die nicht, auf die ich mich gehockt habe. Meine Sturzhöhe betrug 14 Meter, wobei ich mehr über Treppenstufen gekullert bin, als dass ich mich im freien Fall bewegte. Glück gehört zu Allem.

Der RTW ist da und ich werde zum Krankenhaus transportiert. In der Ambulanz treffe ich den Kollegen, der vor mir eingeliefert wurde. Der ist wirklich schlecht dran. Beide Handgelenke sind in einem Winkel abgeknickt, der erahnen lässt, dass der Kollege lange ausfallen wird.

Ich habe richtig Glück gehabt! Beide Handgelenke sind stark geprellt. Im rechten habe ich wohl einen Haarriss in einem Knochen, der durch Ruhigstellung ausheilen kann. Also, Gipsschiene rechts, Verband links. Nach 4 Wochen war alles wieder in Ordnung. Einige Jahre später hatte ich doch immer wieder Probleme mit beiden Handgelenken. Modernere Diagnostik zeigte dann, dass geringe

Fehlbildungen an einem Knochen im rechten, wie auch im linken Handgelenk die Ursache für die Probleme sind. Gezieltes Training lässt mich bis heute beschwerdefrei sein. Meinen Kollegen hat es richtig schlimm erwischt. Er musste an beiden Handgelenken mehrmals operiert werden, da sie zertrümmert waren. In den Einsatzdienst ist er nie mehr zurückgekommen.

Die Wolfsstunde hatte wieder ihren Tribut gefordert.

Statistik

Ich bin Kölner durch und durch. Es ist eine Hassliebe. Ich bin in Köln geboren und aufgewachsen. Schon früh zog ich aus der Innenstadt aus. Das Ländliche gefiel mir besser. Seit fast 30 Jahren wohne ich im bergischen Land. Köln macht mich krank, obwohl diese Stadt die schönste Stadt der Welt für mich ist. Köln hat sich zur Partystadt für Deutschland, England, die Beneluxstaaten und Skandinavien entwickelt. Viele junge Menschen aus diesen Ländern besuchen Köln, weil hier „alles geht", „every time is party time". Drogen- und Alkoholkonsum bis der (Not-) Arzt kommt.

Menschenmassen, immense Mengen an Müll, tägliches Chaos. Ich liebe diese Stadt! Dort leben kann ich nicht.

Köln ist mit ca. 1,1 Millionen Einwohnern die viertgrößte Stadt in Deutschland. Verwaltungstechnisch müsste man sie als zweitgrößte nennen, da Berlin und Hamburg Stadtstaaten sind. Die Ost- West Ausdehnung beträgt 27,6 Kilometer, Nord- Süd 28,1 Kilometer.

Bilder: Lothar Schneid

Blick in Richtung rechtsrheinisches Köln

Blick in Richtung linksrheinisches Köln

Der Rhein, als Bundeswasserstraße, durchfließt Köln in einer Länge von 67,4 Kilometer. 400 Schiffe passieren die Stadt Köln täglich. Vom Passagierschiff bis zum Gastanker ist alles dabei. Von 17 Gewässern - Seen und Kanälen - ist die Stadt durchzogen. Überwiegend im linksrheinischen Köln befindet sich der Chemiegürtel, „ChemCologne" genannt. Von der Medizinherstellung bis zur Kraftstoffraffinade ist hier vieles vertreten. Im Süden grenzend an den Rhein- Erft Kreis, im Norden an die Stadt Leverkusen, wobei hier das Chemiewerk Bayer Stadtgrenzen übergreifend ihren Standort hat.

An der Universität und der technischen Hochschule sind ca. 75.000 Studierende eingetragen. 1,22 Millionen Besucher zählte der Kölner Zoo in 2017. Es gibt 1.175 Restaurants, 796 Schankwirtschaften, 109 Eiscafés. Durch den Berufspendlerverkehr wächst Köln täglich um 170.000 Menschen. Die Autobahnen A1, A3 und A4 sind bestimmt vielen Menschen aus den ständigen Staumeldungen im Radio bekannt. Sie sind Hauptstrecken des Kölner Autobahnrings. 360.000 Fahrzeuge passieren im Schnitt täglich den Autobahnring. (Quelle Straßen - NRW)

Über 12.000.000 Fluggäste benutzten 2017 den Flughafen Köln-Bonn. Mehr als 838.000 Tonnen Fracht wurden dort umgeschlagen

Köln teilt sich linksrheinisch (lrh) und rechtsrheinisch (rrh) in 9 Stadtbezirke mit 86 Stadtteilen auf. Der größere Teil der Stadt, mit der Innenstadt, befindet sich im linksrheinischen Köln.

Der Dom, als Wahrzeichen der Stadt, zieht täglich bis zu 30.000 Besucher an. Zu den mehr als 80 Messen auf dem rechtsrheinisch gelegen Messegelände kommen rund 3 Millionen Besucher im Jahr.

Der Kölner Hauptbahnhof muss mit 280.000 Reisenden täglich den dichtesten Zugverkehr in Deutschland bewältigen. An den närrischen Tagen sind alleine zum Rosenmontagszug über 1 Million mehr Menschen in der Stadt. Über 6 Millionen Übernachtungen wurden 2017 in den Kölner Hotels, Pensionen usw. gezählt.

10 städtische Museen zeigen immer wieder interessante Sonderausstellungen.

Die Berufsfeuerwehr Köln wurde 1872 gegründet.

Heute wachen über die Bürger und Besucher der Stadt Köln über 1000 Feuerwehrbeamte auf 11 Feuer- und Rettungswachen, 5 Rettungswachen, 1 Hubschrauberstation mit einem Rettungshubschrauber (RTH Christoph 3) einem Intensivtransporthubschrauber (ITH Christoph Rheinland) sowie einer Löschbootstation im Deutzer Hafen. Unterstützt werden sie durch 27 Löschgruppen der freiwilligen Feuerwehr und fünf Hilfsorganisationen.

Bild: Feuerwehr Köln

Löschboote „Hydra" und „Branddirektor Hans"

Rettungsboot „Ursula"

Auszug aus dem Jahresbericht der Feuerwehr Köln 2017

376.191 Notrufe

2.108 Brandeinsätze

151 Menschen durch die Feuerwehr bei Bränden gerettet

188.965 Rettungsdiensteinsätze

7.816 Hilfeleistungseinsätze

1.334 Personen durch die Feuerwehr bei Hilfeleistungseinsätzen gerettet

1.058 Einsätze des Tiertransportwagens

Freiwillige Feuerwehr 27 Löschgruppen

1.791 Einsätze

Stahlrolle

Kurz nach halb sieben am Morgen. Nach damaligem Dienstplan eine Stunde vor der Ablösung.

Eine Alarmierung für das LF, den RTW und ein NEF zu einem Unfall auf der Autobahn. Der Leitstellendisponent sagt schon während der Alarmierung, dass die genaue Einsatzstelle noch nicht genau bekannt sei.

Zur damaligen Zeit waren Mobiltelefone noch nicht sehr verbreitet. Dementsprechend häufig wurden Unfallmeldungen über Notrufsäulen an der Autobahn abgesetzt. Bei den Leitstellen von Feuerwehr und Polizei waren mehrere Meldungen mit unterschiedlichen Ortsangaben eingegangen. Mir wird aber klar, dass der Unfallbereich meinen Heimweg, den ich in einer Stunde einschlagen will, betrifft. Mal sehen, vielleicht ist es gar nicht so wild.

Mehrere Meldungen der Leitstelle kommen über Funk, die den Einsatzort jetzt benennen können. Wir wollen auf den Autobahnabschnitt fahren und stecken fest. Alles zu. Es ist Berufsverkehr. In meinem Inneren meldet sich die Vermutung, dass uns bei so einem Rückstau dann doch etwas Größeres erwartet.

Mit Zeitverzögerung durch den Rückstau treffen wir an der Einsatzstelle ein. Als ersteintreffender Einsatzleiter muss ich mir jetzt einen Überblick verschaffen, um geeignete Maßnahmen mit meiner Mannschaft zu ergreifen.

Überblick? Meine Ausbildung und Einsatzerfahrung haben mich in der schnellen, umfangreichen Wahrnehmung von Einsatzlagen und entsprechend

effektiven Entscheidung für Maßnahmen gut geschult. Für das, was ich hier sehe, braucht mein Kopf allerdings einige sehr lange Sekunden.

Wir kommen mit unserem Löschfahrzeug nicht bis zur Spitze des Einsatzortes, da ein unvorstellbares Trümmerfeld von Fahrzeugteilen die Weiterfahrt unmöglich macht. Auf dem Seitenstreifen und der rechten Fahrspur habe ich die Heckansicht von zwei versetzt stehenden LKW mit Sattel-Auflieger vor mir. Etwas weiter, auf der mittleren Spur, sehe ich einen PKW, der kein Heck mehr hat. Und mitten auf der Autobahn eine große Stahlrolle. Später stellt sich heraus, dass die Stahlrolle einen Durchmesser von 1,80 Metern und ein Gewicht von 22 Tonnen hat.

Fotograf unbekannt

Fotograf unbekannt

Fotograf unbekannt

Wir eilen zu der Front der beiden LKW. Ein Mann kommt auf uns zu, schreit: „Mein Kollege, mein Kollege", und zeigt auf einen Berg von zerstörtem Blech. Wo soll der denn sein, der Kollege, denk ich mir. Da kann doch keiner sein. An der Fahrbahnböschung sitzt ein Mann, der seinen Kopf in die Hände stützt, ansonsten keinerlei Regung zeigt. Der Mann hat „Bürokleidung" an, fällt damit als Kollege des LKW Fahrer aus dem Raster. Ich sage meinem Truppführer, er solle sich um den „Blechhaufen" kümmern, mit dem Notarzt spreche ich ab, dass er den LKW Fahrer „einfängt" und weitere Informationen bekommt, die RTW Besatzung soll sich um den Mann an der Fahrbahnböschung kümmern. Zwei noch verbleibende Kollegen sollen mir Informationen über den zerstörten PKW einholen.

Ich steige schnell auf das Dach des Löschfahrzeugs um einen besseren Überblick zu bekommen. Mein Truppführer kommt angerannt und ruft mir zu: „In dem Blechhaufen ist noch einer drin." Die Kollegen, die ich zu dem PKW geschickt hatte informieren mich, dass der PKW leer sei, aber ein zerstörter Kindersitz auf der Fahrbahn läge.

Wir sind zu wenig Personal hier und ich weise meinen Fahrer an, die Alarmstufe auf „Person eingeklemmt" zu erhöhen. Damit kommt Gerät und Mannschaft nach. Das hier bekommen wir nicht alleine bewältigt.

Tief durchatmen!

Vom LF runter und wieder nach vorne geeilt. Der Notarzt, sein Assistent und einer von der RTW- Besatzung liegen vor dem Blechhaufen. Dieser Blechhaufen ist die Fahrerkabine eines der LKW. Sie ist abgerissen vom Fahrgestell und „steht" neben dem anderen LKW. Jetzt sehe ich es auch. Der Notarzt versucht in eine Hand, die aus dem Trümmerhaufen herausragt, einen medikamentösen Zugang zu legen.

Der Notarzt bringt mich auf den neuesten Stand. Dieser Mensch, der in diesem Wirrwarr liegt, lebt noch und wir müssen ihn befreien. Die Fahrerkabine hatte noch die Originalhöhe, war aber auf ein Maß von etwa 130 cm zusammengedrückt. Sie stand wie angelehnt an dem anderen LKW. Keine Möglichkeit, sie jetzt zu stabilisieren. Mein Gedanke: „bis Verstärkung kommt vergeht bei dem Stau sehr viel Zeit". Meine Mannschaft ist schon dabei, alles an hydraulischen Rettungsgeräten und sonstigem Werkzeug zu holen. Ein Mann von der RTW-Besatzung soll mit anwesenden Polizeibeamten herausbekommen, ob der Mann an der Böschung etwas zu dem Kindersitz sagen kann.

Ich hoffe inständig, dass der Kindersitz keinen Insassen hatte. Nein, das nicht auch noch!

Was war passiert.

Der betreffende Autobahnabschnitt war damals sehr unfallträchtig. Eine große Baustelle führte zu hohem Stauaufkommen. Immer wieder kam es an den Stauenden zu schweren Unfällen. Mindestens einmal die Woche waren wir dort im Einsatz. Über einen Zeitraum von mehreren Monaten kam es zu vielen Unfällen mit Schwerverletzten und Toten.

Die beiden LKW fuhren hintereinander. Der vordere musste plötzlich abbremsen. Der Fahrer des zweiten LKW bemerkte dies zu spät, versuchte noch mit seinen LKW nach links auszuweichen, touchierte einen PKW und fuhr seitlich versetzt auf den vorderen LKW auf. Beide LKW hatten Stahlrollen geladen. Diese Rollen waren nicht vorschriftsmäßig gesichert. Somit schoss regelrecht eine Stahlrolle des auffahrenden LKW durch die Ladefläche nach vorne, riss die Fahrerkabine mit dem Fahrer ab und fiel auf das Heck des daneben fahrenden PKW.

Mit meinem Truppführer versuche ich, eine schnelle Lösung zur Rettung des eingeklemmten Menschen zu finden. Es gibt keine! Von der Lage der Fahrerkabine her können wir mit unseren Gerätschaften den Blechhaufen nicht gegen Umfallen absichern. Der „hoffentlich-geht-das-gut-Gedanke" ist da. Egal, wir müssen den Menschen dort herausbekommen. Ich bekomme die Meldung, dass in dem PKW außer dem Fahrer niemand mehr war. Kein Kind. Gott sei Dank! Polizeibeamte kümmern sich um den Fahrer des PKW und um den zweiten LKW Fahrer. Ich brauch jetzt hier alle meine Leute.

Außer der Hand des Mannes ist nichts zu sehen von ihm. Ein leises Wimmern ist zu hören. Wir wissen nicht, wo der Mensch sich in dem Blechhaufen befindet, geschweige denn, welche Verletzungen er hat. Zentimeter um Zentimeter werden Blech und Kunststoff entfernt. Mit über 30kg wiegenden hydraulischen Geräten nicht einfach. Mit Notfallscheren wird Dämmmaterial entfernt, immer in der Befürchtung, dass irgendetwas von der zerstörten Fahrerkabine zur Seite rutscht oder sie umfällt. Notfallscheren gehörten bei jedem Feuerwehrmann zur persönlichen Ausrüstung. Das durchschneiden von Leinen, Seilen, Kabeln etc. war damit möglich. Wir versuchen, zwei Öffnungen zu schaffen, um gesichert von irgendwo an den Menschen heranzukommen. Nach und nach treffen weitere Einsatzkräfte mit Spezialgerät ein. Kurze Besprechung, was wir alles benötigen, Absprache mit dem Gesamteinsatzleiter, dann geht's weiter.

Es gibt kein Zeitgefühl mehr, nur noch höchste Konzentration auf die Befreiung des Menschen. Der Einsatzleiter sagt mir, dass wir von frischen Einsatzkräften abgelöst werden könnten, da wir normalerweise schon seit einer Stunde dienstfrei hätten. Keine Option. Niemals. Das bringen wir zu Ende. Der Mensch lebt noch und wir wollen ihn befreien. „Wir machen weiter, so lange es geht!" „Alles klar, sag mir wenn ihr nicht mehr könnt." Wir können noch! Ich brauche meine Mannschaft gar nicht zu fragen. Ich weiß es.

Wir kommen voran. Es ist zu erkennen, dass der Fahrer in einer Embryo-Haltung dort liegt. Der Kopf zeigt nach unten. Der Fahrersitz ist um ihn herumgewunden, das Lenkrad und die Lenkstange sind zwischen seinem Kopf und den Beinen verkeilt.

Schwerste Kopfverletzungen sind sichtbar. „Kreislauf zur Zeit halbwegs stabil, Blutverlust wird problematisch" meint der Notarzt. Ja, in dem Blut „matschen" wir herum. Teilweise werden Blechteile mit bloßen Händen um Zentimeter verbogen um weiter zu kommen

Wir retten Dich mein Freund. Du musst nur am Leben bleiben!

Es ist manchmal merkwürdig in diesem Beruf. Es wird kurzzeitig eine Beziehung zu einem Menschen aufgebaut, den man noch nie gesehen hat, danach nie mehr sehen wird und keine Ahnung hat, wie er aussieht. Dieser Mensch ist einem plötzlich so nahe, wie nur die eigene Familie.

Nach 1 Stunde und 45 Minuten haben wir den Fahrer befreit! Er lebt.

Wir sind kurz davor zu jubeln. Wir haben es geschafft! Gemeinsam, Hand in Hand. Wir haben den besten Beruf der Welt!

Verletzungen des Mannes: Schwere Kopfschwarten-Verletzung, Trümmerfrakturen beider Kniescheiben, multiple Quetschungen und Prellungen.

Von uns eingesetzte Geräte: 2 hydraulische Rettungsscheren, 2 hydraulische Rettungsspreizer, 4 Rettungszylinder, 1 Pedalschneider, 3 Hebekissen, diverse Hölzer, 1 Bolzenschneider, Kleiderscheren.

Nach 14 Tagen in einem Kölner Krankenhaus wurde der Mann in sein Heimatkrankenhaus nach Belgien überführt. Nie mehr was von ihm gesehen oder gehört.

Eine Woche danach haben wir fast an der gleichen Stelle einen Einsatz. Ein LKW ist auf einen anderen LKW aufgefahren. Der Fahrer hängt mit dem Oberkörper aus der vollständig zerstörten Fahrerkabine. Er ist tot. Wir müssen den Leichnam aus dem Blechgewirr befreien. In dieser Dienstschicht haben wir nicht den besten Beruf der Welt.

Glück gehabt?

Kurz vor dem Mittagessen. Es ist schon alles vorbereitet. Der Alarm schickt uns zu einem Sportstudio in der westlichen Innenstadt. Dort soll ein Brand in der Sauna sein. In diesem Viertel habe ich meine Kindheit verbracht. Im Trupp des ersten LF ist Thorsten. Er macht sein Ausbildungspraktikum. Es ist sein erster Brandeinsatz. Das Sportstudio ist recht groß und bekannt. Es erstreckt sich auf das gesamte Erd- und Kellergeschoss eines großen Eckhauses, gehört einem ehemaligen Kölner Profiboxer.

Der Rauch, der aus einem hofseitigen Anbau dringt, lässt uns nichts Gutes erahnen. Der Rauch ist gelb und „fettig". Das zeugt davon, dass es nicht so richtig brennt, eher die Umgebung des Brandes thermisch sehr hoch belastet ist und deswegen schon Rauch abgibt. Dem Feuerwehrmann ist es lieber, wenn es ein Vollbrand ist. Damit kann er arbeiten. Bei erwähntem Rauchbild genügt ein zusätzlicher Funke oder eine plötzliche Luftzufuhr und es kann zu einer Verpuffung, zu einem plötzlichen Vollbrand, kommen. Das geht selten gut aus.

Wir tauschen vor Ort noch schnell das Personal in den Trupps aus. Thomas, der eigentlich in meinem Trupp ist, trainiert in diesem Sportstudio und kennt den kürzesten Weg zur Sauna. Peter kommt zu mir in den Trupp. Mein Trupp hat den Auftrag der Menschenrettung, da nicht klar ist, ob alle Anwesenden das Studio schon verlassen haben. Eine heikle Aufgabe, aufgrund der Größe und der starken Rauchentwicklung in dem Gebäude. Auch die darüber liegenden Wohnungen mit ihren Bewohnern sind gefährdet. Unser Zugführer hat bereits Verstärkung angefordert. Ein weiterer Löschzug muss unterstützen.

Keine, aber auch absolut keine Sicht. Man hat das Gefühl, der Rauch dringt in jede Hautpore. Ich bin der Einzige, der eine Flammschutzhaube trägt. Die war damals noch nicht Standardausrüstung der Feuerwehren. Ich gehöre zu den Feuerwehrmännern, die sie probeweise tragen. Wir kommen in einen Bereich, der nicht ganz so stark verqualmt ist, und erkennen eine Treppe, die in das Kellergeschoss führt. Hier muss der erste Trupp runtergegangen sein. Ich spüre einen sehr heißen Luftzug, ein Geräusch, wie von einem Gewitter und irgendwas zieht mich plötzlich nach hinten…

Ich öffne meine Augen und weiß nicht was los ist. Es ist dunkel und ich realisiere, dass ich meine Atemschutzmaske trage und atmen kann. Hören kann ich nicht viel, es „klingelt" eher in meinen Ohren. Keine Angst, keine Beklemmung, nur Ratlosigkeit. Es kommt die Erinnerung. Ich bin im Brandeinsatz und es hat eine Explosion gegeben. Bin irgendwie „geflogen". Aber warum ist es so dunkel? Arme und Beine funktionieren. Jetzt kommt die Angst. Bin ich verschüttet? Liege unter Trümmerteilen? Die Angst setzt Adrenalin frei, mein Körper bewegt sich. Mehr durch mein Unterbewusstsein gesteuert. Ich kann mich drehen und sehe Licht. Jetzt versuche ich aufzustehen. Die Dunkelheit verschwindet. Ich habe unter einem großen Blechspind auf dem Boden gelegen. Keine Ahnung, wie lange. Mein Blick geht zum Druckmesser meines Atemschutzgerätes. Noch genug Luft. Also kann das, was geschehen ist, noch nicht so lange her sein. Helligkeit und Mauertrümmer um mich herum. Meine Ohren scheinen jetzt wieder etwas besser zu funktionieren, denn ich höre ein Zischen. Dieses Zischen erinnert mich an undichte Gasleitungen. Ich muss hier raus. Noch mehr Adrenalin. Schmerzen verspüre ich keine. Die Erinnerung setzt ein: Mein Trupp war bei einem Saunabrand in einem Fitnessstudio zur Menschenrettung eingesetzt. Wir waren auf dem Weg, die Umkleideräume zu finden. Ein weiterer Trupp von uns ging zur Brandbekämpfung in die Sauna im Keller. Aber dann?

Immer noch keine Ahnung, was passiert ist. Aus dem Augenwinkel erkenne ich eine Bewegung. Mein Kollege Peter. Er kriecht bereits auf mich zu, macht Handzeichen in eine Richtung. Dort ist es sehr hell. Tageslicht? Wir beide unterstützen uns kriechend in die Richtung des Lichts. Es sind umgestürzte Wände zu erkennen. Das Licht kommt durch ein Loch in einer Wand. Das Loch sieht nicht so aus, als wenn es immer schon dagewesen wäre. Menschen mit Feuerwehrhelmen sind zu erkennen. Ich weiß nicht wie viele Hände uns packen und uns ins Freie ziehen. Mir werden Helm, Atemschutzgerät, Ledermantel ausgezogen und ich werde zu einem RTW geführt. Die RTW Besatzung misst meinen Blutdruck und meinen Puls. Beides jenseits von gut. „Was ist überhaupt passiert?" frage ich sie. „Wir wissen nur, dass es eine Verpuffung gegeben hat." „Was ist mit den anderen?" „Wissen wir auch noch nicht."

Es ist nicht mein erster Unfall bei einem Brandeinsatz, aber hier ist etwas geschehen, was mich beunruhigt. Ich habe zu viele offene Fragen. Ein Vorgesetzter kommt in den RTW, um sich nach mir zu erkundigen. Ich will natürlich alles erfahren. Was ist überhaupt geschehen und wie geht es meinen anderen Kollegen? Er versucht beruhigend auf mich einzuwirken. Ja, bei aller Ungeduld und Erinnerungslücken habe ich ein Ruhebedürfnis. Mein

Puls beruhigt sich. In ein Krankenhaus will ich nicht. Einige Prellungen, keine Anzeichen eines schweren Schocks, keine Fraktur, keine Verbrennungen. Die Kollegen im RTW können verstehen, dass ich raus will. Ich steige aus und glaube nicht, was ich sehe. Die Einsatzstelle liegt an einer Hauptverkehrskreuzung in der Innenstadt. Aber ich sehe, egal in welche Richtung ich blicke, nur Feuerwehrfahrzeuge. Hier muss die ganze Feuerwehr Köln vor Ort sein. Das Gebäude in dem das Sportstudio ist- besser gesagt war- sieht nicht gut aus. Über mehrere Etagen keine Scheiben mehr in den Fenstern. Auf der Straße überall Trümmerteile zu sehen. Einige Meter weiter sehe ich meinen Vater. Meine Eltern wohnen nur 150 Meter von der Einsatzstelle entfernt. So habe ich meinen Vater noch nie gesehen. Er sieht 20 Jahre älter aus. Als er mich sieht, fällt alles von ihm ab, obwohl meine äußere Erscheinung eher kümmerlich ist. Zerrissene Einsatzhose und Hemd, nass und schmutzig von oben bis unten. Er strahlt über das ganze Gesicht. Er hatte von einem der Einsatzleiter schon erfahren, dass ich „gut" raus gekommen bin, aber die Sorge um mich hatte die Oberhand. Nach wenigen Worten: „alles ok bei mir, sag Mama Bescheid, zu Hause ruf ich selber an" gehe ich zu meiner Mannschaft. Es sind nicht alle da.

Der Trupp im Keller war am Brandherd. Es brannte die Saunakabine. Sie richteten das Strahlrohr nach oben, um durch den Wasserstrahl die Umgebung etwas abzukühlen, richteten dann das Strahlrohr auf den Brand. Es gelang ihnen, das Feuer schnell einzudämmen. Jetzt ging es darum, viele Glutnester weiter abzulöschen. Und dann kam von irgendwo ein Funke oder eine plötzliche Luftzufuhr. Eine Verpuffung. Die Kollegen wurden durcheinander gewirbelt. Zwei haben direkt die Treppe nach oben gefunden. Thomas blieb mit einer Leitung des Atemschutzgerätes am Handlauf der Treppe hängen. Er schaffte es, die Leitung abzureißen und das Atemschutzgerät abzulegen um nach oben zu gelangen. Die abströmende Luft aus dem Atemschutzgerät war das zischen, was ich gehört habe. Dieser Schlauch steht unter 5 bar Überdruck und kein Mensch könnte sie geplant abreißen. Es sei denn, er ist durch einen immens großen Adrenalinschub, wie von Todesangst, gesteuert.

Zwei vom Trupp aus dem Keller waren draußen, mein Trupp war mittlerweile auch vollzählig. Wir hatten uns auf nicht nachvollziehbaren Wegen aus dem Gebäude gerettet. Es fehlte einer: Thorsten. Die zwei schwerverletzten Kollegen konnten keine Auskunft dazu geben, wo Thorsten abgeblieben war. Es wurden Trupps gebildet, um Thorsten zu suchen, die Brandbekämpfung musste parallel weitergehen.

Thorsten kam aus dem Hinterhof „spaziert". Äußerlich unverletzt. Er hatte zum Zeitpunkt der Verpuffung etwas seitlich zum Brandherd gehockt. Unter einem Türsturz. Die Verpuffung und die riesige Stichflamme waren im wahrsten Sinne des Wortes an ihm vorbeigegangen. Seine Trupp-Mitglieder waren danach weg und er befand sich in einem Trümmerfeld. Instinktiv tat er das einzig richtige. Weg von dem Feuer und dann eine Möglichkeit suchen, die ihn nach oben bringt. Das als unerfahrener Praktikant!

Thomas hatte sehr schwere Brandverletzungen an den Ohren, am Hals und an den Armen.

Der zweite Kollege hatte leichtere Verbrennungen an Ohren, Händen und Beinen. Wir anderen, bis auf Thorsten hatten nur einige Prellungen. Meine Flammschutzhaube hatte gute Dienste geleistet. Im

Ohrenbereich war zu sehen, dass Flammen auch mich erreicht, aber nicht verletzt hatten.

Nach mehreren Operationen ist Thomas dann irgendwann wieder in den Dienst gekommen. Es war aber nicht mehr sein Beruf. Er ist nach einiger Zeit aus dem Feuerwehrdienst ausgeschieden. Ich hoffe, es geht ihm gut.

Artikel: „EXPRESS" Köln

Technik und ihre Anwendung

Zu Beginn meiner beruflichen Laufbahn war die Feuerwehrtechnik schon recht komplex, aber meist unkompliziert zu bedienen. Das Grundprinzip der Technik ist bis heute geblieben. Aus dem Wassertank des Lösch- oder Tanklöschfahrzeuges muss über eine Pumpe Wasser an die Strahlrohre abgegeben werden, eine Drehleiter muss über eine Hydraulik aufgerichtet, ausgefahren und gedreht werden, hydraulische Rettungsgeräte- kurz Schere, Spreizer, funktionieren nur mit ausreichendem Öldruck und die Luft aus dem Atemschutz- oder Tauchgerät muss in den Flaschen komprimiert werden.

Und doch ist – zeitgemäß - alles anders. Ich bezweifle, dass die fortschreitende Technik alles einfacher gemacht hat. Lassen wir mal Automatikgetriebe, Servolenkung und Scheibenbremsen, auch beim LKW, außen vor.

Nicht, dass nach den folgenden Zeilen der Eindruck entsteht, ich will vieles verteufeln, oder lehne es ab. Die fortschreitenden technischen Möglichkeiten helfen ungemein, machen vieles in der Anwendung einfacher, sorgen dafür, dass Einsatzszenarien noch effektiver bewältigt werden können. Weil ich aber im Berufsleben nicht nur begeisterungsfähig, sondern auch kritisch war, erlaube ich mir eigene Gedanken zu der eingesetzten Feuerwehrtechnik.

Wo es früher ausreichte, einen Knopf zu drücken und zwei Hebel zu bedienen um zu wissen, was dann geschieht, muss heute nur noch ein Knopf gedrückt werden. Einfacher!

Was dann geschieht, entzieht sich aber in den meisten Fällen der Kenntnis des Feuerwehrmannes, da die hinter dem Knopf liegende Elektronik alles übernimmt-oder übernehmen sollte. Geschieht nach dem Drücken des Knopfes nämlich nichts, ist der Feuerwehrmann, der Angriffstrupp, die brennende Wohnung, der zu rettende Mensch aufgeschmissen. Die Fahrzeugelektronik soll alles für den Menschen übernehmen, ist aber im Alltagsbetrieb schon mal überlastet und auch fehlerhaft. Die Ansicht der Bedieneinheit für eine Löschwasserpumpe ist beeindruckend. Schalter für die Wasser- und Schaumabgabe, Bedienung für einen Lichtmasten, LED für die Füllstandanzeige des Wassertanks, mehrere Manometer. Früher gab es drei Manometer. Trotzdem wusste der Maschinist über alles Bescheid, und damit war der Grundsatz für einen guten Einsatzablauf gegeben.

Die heutzutage verwendete Elektronik ist empfindlich und damit anfällig für Fehler. Ein Feuerwehrfahrzeug steht ein paar Stunden in der Wache und muss dann, bei einem Einsatz, wie der Feuerwehrmann, der drin sitzt, innerhalb von Sekunden Höchstleistung bringen. Sehr viele elektronische Komponenten müssen dann zusammen passen und das Richtige auf Knopfdruck machen. Klappt leider nicht immer.

Wie entsteht ein Feuerwehrfahrzeug? Nehmen wir ein Standard-Löschfahrzeug, wobei ich auf die Berücksichtigung rechtlicher Dinge im Folgenden nicht eingehe.

Feuerwehr „XY" braucht ein neues Löschfahrzeug. Dieses wird bei einem Hersteller für Feuerwehrfahrzeuge bestellt. Grundlage ist ein Leistungskatalog. Dort steht drin, welches Fabrikat das Fahrzeug haben soll, wie

Aufbau, Lackierung, Sondersignal, Geräte etc. aussehen bzw. gebaut werden sollen. Ein Fahrzeughersteller liefert ein „nacktes" Fahrzeug (Fahrerkabine, Fahrgestell) an den Feuerwehrfahrzeug-Hersteller. Der reißt erst mal alles auseinander. Die Fahrerkabine wird unter Umständen aufgeschnitten, ein Aufbau wird auf das Chassis gesetzt, Pumpen, Lichtmast, Flüssigkeitsbehälter und was der Besteller sonst noch alles wünscht, werden zusammengefügt. Jeder Feuerwehrfahrzeug-Hersteller fügt dann, entsprechend jeder Komponente, die Elektronik zusammen. Zusammenfassung: Fahrzeug, Löschwasserpumpe, Lichtmast- jede Komponente mit eigener Elektronik werden zusammengebaut. Dann soll alles dauerhaft funktionieren. Genannt habe ich die Sensoren noch nicht. Die sind dafür zuständig, dass zum Beispiel Rollläden zum Geräteraum oder Trittstufen an der Mannschaftskabine überwacht werden. Alles muss auch bei minus 15 Grad, Dauerregen oder extremer Verschmutzung funktionieren. Schön wäre es.

Bild: Torsten Busse FW 1

HLF der neuesten Generation

Um es noch mal zu verdeutlichen. Sie brauchen einen neuen Küchenherd. Bei Firma A bestellen Sie den Korpus, bei Firma B die Herdplatte, bei Firma C die Bedienknöpfe und Firma D hat den Backofen. Das alles baut Firma E zusammen. Jetzt steht er da, der neue Küchenherd. Am dritten Tag nach Lieferung funktioniert der Backofen nicht mehr. Also rufen Sie Firma E an, denn die haben alles zusammengebaut. Firma E sagt dann: „Das liegt nicht an uns, das hat Firma D verbockt Sie erinnern sich? Backofenhersteller. Sie sind ratlos und auf die Frage: „Was soll ich dann jetzt machen?" rät man Ihnen Firma D zu kontaktieren. Es ist zwar unlogisch, aber Sie machen es trotzdem. Der freundliche Kundendienstberater der Firma D (Backofenhersteller) sagt dann zu Ihnen: „Der Backofen kann gar nicht funktionieren, die Anschlüsse und die Elektronik sind in dieser Form nicht kompatibel. Dafür ist Firma E (Zusammenbauer) zuständig." Drei Tage telefonieren Sie mit allen beteiligten Firmen, ein Mitarbeiter der Firma E (gestresster Monteur), nimmt den Herd nach 6 Monaten vergeblicher Reparaturversuche mit ins Werk, sagt aber noch bei der Abholung: „Dieses Model stellen wir nicht mehr her, Sie können aber direkt bei mir einen neuen Herd bestellen." Sie fangen an zu überlegen, wie einfach es doch früher war.

Ganz klar, sehr überspitzt erklärt. Die Nähe zur Realität wird jedem Feuerwehrmann aber auffallen.

Bei einem Löschfahrzeug zeigt sich das dann so. Es klappen die Trittstufen plötzlich ein, obwohl ein Kollege noch drauf steht, oder sie klappen beim Öffnen der Türe gar nicht erst aus und der Kollege liegt in voller Montur auf der Straße, die Sensoren der Geräteräume geben einen krankmachenden akustischen Alarm, dass die Rollladen noch geöffnet sind und man sie sechsmal auf und zu machen muss, damit der Alarm wieder aus ist. Die Anzeige des Wassertanks zeigt „voll" an, obwohl der Tank nur noch zur Hälfte gefüllt wird. Die Krönung ist dann, wenn das Fahrzeug auf der Fahrt zum Einsatz plötzlich nicht mehr weiterfährt und in der Anzeige des Bordcomputer Zeichen zu sehen sind, die in keiner Betriebsanleitung aufgeführt werden.

Bild Feuerwehr Köln

LF 1970er Jahre

Bild: Lothar Schneid

LF Baujahr 2007

Bild: Lothar Schneid

Mannschaftskabine LF Baujahr 2007

Bild: Enrico Mohr FW 1

HLF Baujahr 2016

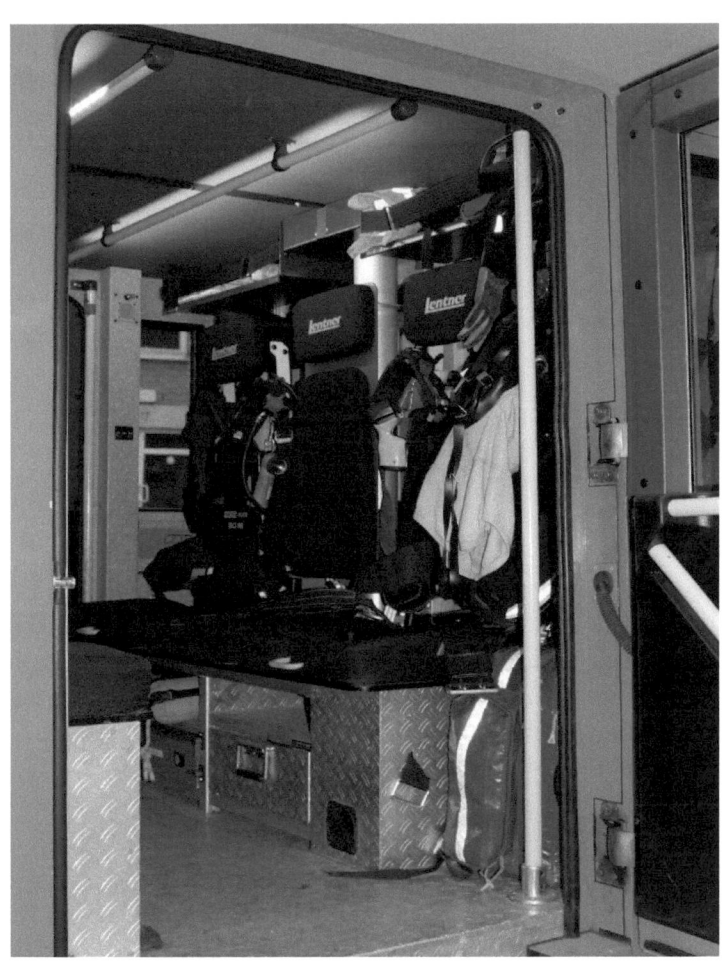

Bild: Torsten Busse FW 1

Mannschaftskabine HLF Baujahr 2016

Wesentlich dramatischer ist es, wenn die elektronische Steuerung einer Drehleiter ausfällt. Eine Feuerwehr-Drehleiter ist ein Rettungsgerät! Kommt es zu einem Ausfall bei einem Einsatz, der zur Menschenrettung dient, haben alle Beteiligten ein großes Problem. Jede Drehleiter hat ein Notfahrprogramm. Das fährt die Drehleiter in Zentimeter-Schüben ein. Schlecht, wenn sich eine lebensbedrohte Person mit einem Feuerwehrmann noch im Korb befindet. Kein fiktives Szenario, sondern eine leidliche berufliche Erfahrung.

Bei Rettungswagen sieht es ähnlich aus, vor allem in Großstädten. Hohe Einsatzzahlen, damit verbunden eine hohe Kilometerleistung sowie schlechte Straßen, sind das eine. Vollgestopft mit Elektronik, die der Rettungswagen-Besatzung im Einsatz nicht weiterhilft, ist das andere. Die Folge ist, dass irgendwo häufig eine Kontroll- oder Warnleuchte blinkt, obwohl alles funktioniert. Die Fahrzeuge mögen mit ihren elektronischen Steuerungs- und Überwachungssystemen modern sein, aber weniger wäre hier manchmal viel mehr. Ausgereift scheint es auch nicht immer.

Bild: Feuerwehr Köln

RTW 1970er Jahre

Was wäre dann die Alternative in unserer Zeit? Philosophische Gedanken kommen mir dabei.

Leichtbau bei Fahrzeugen JA, komplizierte Technik NEIN. Ein Wunschgedanke, spielen doch so viele Faktoren beim Bau eines Feuerwehrfahrzeugs oder Rettungswagen zusammen. Schadstoffklassen, Normen, zeitgemäße Technik, der nur kleine Anteil an Feuerwehrfahrzeugen/ Rettungswagen bei der Nutzfahrzeugproduktion.

Kein Hersteller wird dazu übergehen, vorhandene Technik für die Feuerwehren neudeutsch im „Downsizing-Verfahren" einzubauen. Und es kommt ein noch sehr gravierender Faktor dazu. Feuerwehr ist Aufgabe der Kommunen. Die jeweiligen Feuerwehrchefs sind die Fürsten ihrer Feuerwehr, egal ob Großstadt oder kleine Ortsgemeinde. Jeder hat so seine Vorstellung von einem Fahrzeug in seiner Feuerwehr. Es muss die Politik überzeugt werden, dass genau dieses Fahrzeug, welches sich der Feuerwehrchef wünscht, beschafft werden muss. Dies ist recht einfach ausgedrückt, da zur Beschaffung eines Feuerwehrfahrzeugs auch eine recht hohe Anzahl von Rechtsvorschriften zu beachten ist.

In Köln ist man teilweise leider dazu übergegangen Feuerwehrfahrzeuge zu planen (Abteilung Technik), ohne den Endanwender (Feuerwache) einzubeziehen. Die Folge war, dass einige Löschfahrzeuge nach Inbetriebnahme durch unterschiedliche Firmen oft nachgebessert werden mussten. Es fielen im täglichen Einsatz Fehler auf, die bei einer vorherigen Zusammenarbeit erst gar nicht in die Planung eingeflossen wären. Auf den Feuer- und Rettungswachen sitzen sehr viele intelligente und schlaue Menschen. Auf der FW 1 waren mehrere hochrangige Mitglieder von freiwilligen Feuerwehren aus dem Kölner Umland. Dort sind sie häufig in Planung und Beschaffung mit eingebunden oder sogar dafür verantwortlich dafür. Ich habe nicht verstanden, warum diese Ressourcen nicht genutzt wurden.

Doch ich möchte noch auf etwas Anderes hinaus und vernachlässige weiterhin die Vorschriften für die Fahrzeugbeschaffung Feuerwehr.

Meine Überlegung geht dahin: Warum können zum Beispiel in Nordrhein Westfalen beispielsweise nicht alle Löschfahrzeuge oder Drehleitern in den Städten gleich sein. Köln, Düsseldorf, Dortmund, Essen usw. haben alle Löschfahrzeuge und Drehleitern.

Ich behaupte sogar, dass es gar keine Unterschiede in den Standardfahrzeugen geben muss. In allen Städten herrschen die gleichen Ansprüche und die gleiche Gesetzgebung. Nein, es müssen unbedingt unterschiedliche Fahrzeuge angeschafft werden. Dies wissen natürlich auch die Hersteller! Somit werden die besonderen Wünsche auch berücksichtigt und, was ganz wichtig ist, bezahlt. Angenommen, nur das Land NRW würde eine Ausschreibung machen, dass für das Jahr 2023 hundertachtzig Löschfahrzeuge benötigt werden. Gleiche Bauart, gleiche Technik. Ich weiß, von einem Feuerwehrfahrzeug-Hersteller, dass dann jedes Fahrzeug bis zu 40% im Endpreis sinken könnte. Ein neues Löschfahrzeug kostet zurzeit etwa 600.000 €. Ich bitte den Leser, es selbst auszurechnen.

Ich höre den Aufschrei der Feuerwehren und Rettungsdienste. Das geht doch gar nicht, kann nicht funktionieren, schwachsinnig. Ich bleibe dabei! Jede Feuerwehr, jeder Rettungsdienst, auch außerhalb der Feuerwehren, hat Standardfahrzeuge, die sich im Transport der Mannschaft und der Geräte oder der Menschenrettung nicht unterscheiden. Eine Drehleiter ist in Düsseldorf, Dortmund, Essen genau so 30 Meter lang, wie in Köln. Der Rettungsdienst in Münster transportiert einen Patienten mit Herzinfarkt genauso, wie der Rettungsdienst in Aachen. Ich erinnere mich an einen deutschen Politiker, der zur Vereinfachung des Verfahrens eine Steuerklärung auf einem Bierdeckel skizziert hat. Wollte auch keiner.

Die unüberwindbaren Hürden für diese Idee sind mir bekannt. Unter anderem ist es das föderalistische System in Deutschland, die manchmal sehr alte oder europäische Gesetzgebung und politischer Starrsinn in unserem Land.

Klar ist auch, dass, je nach Gefahrenpotential der Stadt - Köln hat mit seinem Chemiering ein höheres Gefahrenpotential als z. B. Dortmund - Sonderfahrzeuge immer individuell bleiben müssen. Gibt es in einer Stadt eine U-Bahn, müssen andere Geräte vorgehalten werden als in einer Stadt, die keine U-Bahn hat.

Der Fortschritt der Feuerwehrtechnik ist aber auch ein Segen. Immer weiterentwickelte Schutzkleidung sei hier an erster Stelle genannt. Die kleinen und großen Verletzungen früherer Jahre hätten mit der heutigen Schutzkleidung vermieden werden können. Flammschutzjacken und Hosen, Flammschutzhauben, Flammschutzhandschuhe erlauben dem geübten und trainierten Feuerwehrmann, erheblich weiter in Gefahrenbereiche vor zu gehen, als dies vor 25 Jahren möglich war. Atemschutzgeräte sind erheblich leichter geworden. Die Ausrüstung eines Feuerwehrmannes im Brandeinsatz wiegt trotzdem noch zwischen 17 und 20 kg. Hier darf nicht gespart werden! Ich empfinde es als eine Schande, dass gerade in kleinen Kommunen, hier vor allem bei den freiwilligen Feuerwehren, die Feuerwehrangehörigen mit nicht zeitgemäßer Kleidung Einsätze bestreiten müssen. Häufig wird von der regierenden Politik auf die klammen Haushaltskassen verwiesen. Sicherheit muss immer vor Kultur oder Sonstiges gehen. Liebe Politiker, ihr lasst Euch doch auch gerne mit den Feuerwehrangehörigen nach erfolgreichen Einsätzen auf dem rauchenden Schuttberg fotografieren oder filmen.

Also, denkt nicht nur an Eure Wiederwahl, sondern schützt die, die auch für Euch durchs Feuer gehen!

Tragbare Leitern, also Haken- Steck- oder Schiebleitern waren früher aus Holz gefertigt. Heute ist Kunststoff bzw. Aluminium das Material der Wahl. Leichtere und damit sichere und schnelle Handhabung ist gewährleistet.

Das Sprungtuch war jahrelang in allen Berichterstattungen und Kinderbüchern ein Sinnbild der Feuerwehr. Heutzutage ist aus dem Sprungtuch ein Sprungkissen/ Sprungpolster geworden. Bei den meisten Modellen reichen zwei Personen aus, um es in Stellung zu bringen. Das in Deutschland am häufigsten eingesetzten Sprungpolster hat eine Aufprallfläche von ca. 14 qm und erlaubt eine Sprunghöhe von etwa 16 Metern. Durch eine ständig angeschlossene Pressluftflasche, die im Einsatzfall nur aufgedreht werden muss ist dieses Polster innerhalb von 90 Sekunden einsatzbereit. Für das Sprungtuch wurden mindestens 16 Mann benötigt und eine theoretische Sprunghöhe von 8 Metern wurde angegeben. Die Verletzungsgefahr für Feuerwehrangehörige und springenden Personen war immens. Mit angewinkelten Armen am Sprungtuch wurde der Springende „erwartet". Wenn ein 80 kg schwerer Mensch aus 8 m Höhe fällt, ergibt sich ein ungefähres Aufprallgewicht von 639 kg. Einmal habe ich in meinen Berufsjahren an einem Sprungtuch gestanden und einen Menschen aufgefangen. Der Hälfte meiner Kollegen, mich eingeschlossen, hat es fasst die Arme aus den Schultern gerissen. Okay, der Mensch konnte gerettet werden. Da ging es nicht um uns.

Bild: Feuerwehr Köln

Sprungretter im Einsatz

Bild: Helmut Jüliger

Sprungtuch im Einsatz

Einen großen Sprung in der Technik und Handhabung haben in den vergangenen Jahren die hydraulischen und pneumatischen Rettungsgeräte gemacht. Spreizer, Schere, Rettungszylinder, Luftheber sind kontinuierlich weiterentwickelt worden und heute mit vergleichbar geringem Aufwand einzusetzen. Die Handhabung in Verbindung mit leichten Aggregaten, die sogar auf dem Rücken tragbar sind, haben dazu geführt, dass die Feuerwehren in den letzten Winkel einer Einsatzstelle - sei es ein Fahrzeug oder ein Gebäude - vorrücken und die Geräte zur Menschenrettung einsetzen können.

Häufig haben Hersteller von dem Erfindungsreichtum und der Einsatzerfahrung der Feuerwehren profitiert. Selbst in der besten Planung kann ein Konstruktions- Ingenieur nicht alle Einsatzszenarien durchdenken. Es geschehen Situationen in Einsätzen, die kann sich keiner ausdenken.

Der körperliche Aufwand des Feuerwehrmannes ist im Gegensatz zu meinen „jungen Jahren" auf jeden Fall in der Bedienung der Technik oder auch in seiner Bewegung geringer geworden.

Anekdoten, Sprüche, Bizarres

„Wenn Du mich fragst, die ist tot!"

Ein Kollege traf diese Feststellung bei einer Suizidentin, die aus dem 23. Stockwerk gesprungen war.

„Ich habe keine Ahnung!"

Ein Notarzt, zu einem Patienten, der mit etwa 130 Kg in seinem Sessel saß, über Atemnot klagte und vom Arzt wissen wollte, was ihn in den Zustand versetzt habe. Zu sehen waren geschätzte 40 Zigarettenstummel in einem Aschenbecher, mindestens 30 leere Bier- und Schnapsflaschen, sowie die Reste einer Schweinshaxe auf einem Teller.

„Ich bin nicht gefahren, ich habe hinten gesessen"

Junger Mann, der unter Alkoholeinfluss sein Fahrzeug an einer Leitplanke zerlegt hatte. Es handelte sich um einen zweisitzigen Sportwagen!

„Ich muss aber da durch!"

Junge Frau, die mit ihrem PKW über eine Abstützung der Drehleiter gefahren war und an ihrem Fahrzeug und der Drehleiter einen beträchtlichen Schaden verursachte. Wir waren mit einem Zimmerbrand beschäftigt!

Die Frau war so uneinsichtig, dass durch die Polizei ihr Führerschein beschlagnahmt wurde und sie zur

Polizeiwache transportiert wurde, um sie „aus dem Verkehr" zu ziehen.

„Ein Mensch, der Hunger und Durst hat und auf dem Klo die Beine krumm macht. Wie jeder andere Mensch auf dieser Welt auch."

Standardantwort, bei Personen, die meinen, ihre Prominenz oder gesellschaftliche Stellung erfordert durch die Feuerwehr eine Sonderbehandlung. Die Frage: „Wissen Sie nicht wer ich bin?" erfordert dann halt genannte Antwort.

„Wer sind sie?"

„Wonach sieht es denn aus? Schauen sie sich unsere Ausrüstung und unser Fahrzeug an: Die Feuerwehr vielleicht?"

„ Habe sie einen Dienstausweis?"

„Haben sie uns alarmiert?"

„Wer sind sie denn?"

„Nochmal…wie sieht es denn aus?"

„ Das kann jeder behaupten. Zeigen sie mir erst ihren Dienstausweis"

Dieser Dialog ergab sich mit einem Mann vor einem Ladenlokal, in dem es laut Notruf zu einer unbekannten Geruchsbelästigung gekommen war. Nachfragen bei unserer Leitstelle ergaben, dass der Disponent schon erhebliche Probleme hatte, den Notruf zu interpretieren. Der Mann gab bei seinem Notruf an, fremde Mächte hätten Besitz von seinem Geschäft übernommen.

„Haben sie die Feuerwehr gerufen?"

„Ja"

„OK, da sind wir, wo ist ihr Problem?"

„Sag ich nicht, erst will ich ihren Dienstausweis sehen"

In dem Willen, die Situation zu bereinigen, erklärte ich dem Mann, dass wir bei Einsätzen keinen Dienstausweis mitführen. Unsere optische Erscheinung wäre selbsterklärend. Mittlerweile war die Polizei eingetroffen, und ich erklärte ihnen die vorgefundene Situation. Die Streifenwagenbesatzung kümmerte sich weiter um den Mann und wir betraten und kontrollierten pflichtgemäß das Ladenlokal. Eine Feststellung besonderer Ereignisse konnten wir nicht machen.

Im Nachhinein musste der verwirrte Mann einem Landeskrankenhaus zugeführt werden, da seine Phantastereien gegenüber der Polizei immer abenteuerlicher wurden.

Polizeibeamter: „Ist die Frau tot?"

Feuerwehrkollege: „Nein, die hat nur nicht geduscht."

Dialog beim Auffinden einer Leiche, die bereits im Fäulnisstadium war.

Einsatzstichwort „Vermisste Person"

Da die Lage unklar war, bin ich im Korb der Drehleiter zu einem Fenster der betreffenden Wohnung hochgefahren um zu erkunden, ob eine Person zu sehen war. Durch ein Fenster sah ich eine Frau auf einem Sofa liegen. Der Fernseher war eingeschaltet, daneben hing ein großer Spiegel. Ich klopfte gegen das Fenster. Die Frau erwachte aus ihrem Mittagsschlaf, sah mich in voller Ausrüstung in ihrem Spiegel, ergriff die Fernbedienung des Fernsehers, schaltete ihn aus und wollte sich wieder ihrem Schlaf widmen.

Zimmerbrand. Alles voller Brandrauch, sehr heiß.

Ich kroch mit meinem Trupp durch die Wohnung. Da war Flammenschein zu sehen. Kurzes Innehalten zur Orientierung. Dann das Strahlrohr geöffnet. Ein lautes Klirren, die Flammen waren weg. Wir hatten unser Strahlrohr auf einen Spiegel gehalten, das Feuer war schräg hinter uns.

Absperrung an einer Einsatzstelle.

Ein offensichtlich angetrunkener Bürger wollte unbedingt über eine Feuerwehrabsperrung klettern. Ein Kollege hinderte ihn daran. Darauf der Bürger: „Ich beschwere mich über sie! Sagen sie mir ihren Namen, Einheit, Dienstgrad!" Der Kollege: „Louis Trenker, berittene Gebirgsmarine, Kammerjäger".

„OK, ich werde an ihren Vorgesetzten schreiben!"

Junger Feuerwehrmann nach dem Grundlehrgang den ersten Tag im Schichtdienst.

Erster Einsatz: „Person unter Straßenbahn"

Eine Frau ist von einer Straßenbahn überrollt worden und auf der Stelle tot. Wir müssen die Leiche bergen. Die Straßenbahn wird angehoben und ich krieche mit dem jungen Kollegen unter die Bahn, um die Leichenteile aus dem Gleisbett heraus zu holen. Kein schöner Anblick!

Der junge Kollege ist etwas zögerlich und wird blass. Verständlich. Plötzlich holt er tief Luft und erbricht alles, was er im Magen hat, neben die Leiche. „So, jetzt geht's besser" sind danach seine Worte. Er arbeitet danach mit mir weiter, als wenn nichts geschehen wäre.

Lösegeld auf Wache

Die Kölner Kripo fragte an, ob wir eine Stahlflasche mit einem Trennschleifer aufschneiden könnten.

Die Frage nach der Art der Stahlflasche bleibt unbeantwortet, sie wollten das auf der Wache mit uns besprechen. Na, dass scheint ja geheimnisvoll zu sein.

Kurz darauf kommen vier Kripo-Beamte und haben zwei Flüssiggasflaschen im Gepäck.

Was soll das denn? Flüssiggasflaschen mit Trennschleifer öffnen. Die Wache würde nicht mehr stehen nach der Explosion.

Doch alles ist anders.

Ein Geschäftsmann hatte ein hohes Lösegeld nach der Entführung seines Kindes an die Entführer gezahlt. Im

Verlauf der Ermittlungen fand die Kripo zwei Flüssiggasflaschen. Nach den bis dahin vorliegenden Ermittlungsergebnissen wurde vermutet, dass sich Geld in diesen Flaschen befinden würde.

Da die Flaschen ohne Ventil waren und wir nach einer Prüfung mit einem Messgerät sicher sein konnten, dass kein Gas mehr vorhanden war, trennte ein Kollege mit einem Trennschleifer die Flaschen vorsichtig auf.

Mittlerweile war die gesamte Wachbesatzung um dieses Schauspiel herum versammelt. Spannende Sache! Keiner sagte ein Wort.

Immer wieder wurde die Flasche mit nassen Lappen gekühlt, denn durch die Arbeit mit dem Trennschleifer wurde der Stahl heiß. In den Flaschen vorhandenes Geld hätte verbrennen können.

Der obere Teil der ersten Flasche war geöffnet.

Ein unwirkliches Bild. Zuerst sah es aus, als ob Zigarillos in der Flasche waren. Das passte aber nun gar nicht. Erst als ein Kripo-Beamter vorsichtig hineingriff und ein Teil des Inhaltes herausholte sahen wir es. Zusammengerollte Fünfzig-Mark-Scheine.

Dutzende, Hunderte, nicht zu zählen, unvorstellbar!

Der Polizist hielt das Geld bestimmt eine Minute in seinen Händen, ohne eine weitere Reaktion zu zeigen. Der Kollege, der die Flasche aufgeschnitten hatte, vergaß den Trennschleifer auszuschalten und der ohrenbetäubende Lärm erfüllte weiter die Fahrzeughalle. Keiner störte sich daran, weil der Anblick des Geldes die Zeit offensichtlich still stehen ließ.

Mein Kollege Gerd löste die Schockstarre. „Einmal rein greifen und mein Häuschen wäre abbezahlt und Urlaub wäre auch noch drin."

Jetzt erinnerte sich auch die Kripo wieder an ihren Job. Unspektakulär wurde das Geld in Tüten verpackt, die die Beamten nicht mehr aus den Augen ließen. In der zweiten Flasche befand sich der gleiche Inhalt.

Einige Tage später erfuhren wir, dass sich in beiden Flaschen zusammen eine Million Mark befunden hatten. Was für eine Arbeit für den oder die Täter. Genützt hat dieses Versteck nichts.

So konnte auch die Feuerwehr an der Aufklärung einer Entführung mitwirken.

Person springt

Auf einer Rheinbrücke sollte sich eine Person befinden, die angeblich in den Rhein springen will. Auf der Anfahrt zur Einsatzstelle sahen wir etwa 200 Meter vorher drei Streifenwagen am Fahrbahnrand stehen. Da sie keinerlei Reaktion in unsere Richtung zeigten, fuhren wir weiter. Die Person auf der Brücke gab uns gegenüber an, dass er in selbstmörderischer Absicht von der Brücke springen wolle. Wir konnten problemlos einen Zugriff machen. Der Mann war gerettet. Plötzlich drei Streifenwagen mit Blaulicht zu sehen. Die Polizisten mokierten, warum wir nicht auf die Verhandlungsgruppe der Polizei gewartet hätten. Ich sagte ihnen, dass die Anfahrt dieser Polizei-Sondergruppe uns nicht bekannt war. Es wurde noch etwas hin- und her diskutiert.

Einem Kollegen von mir wurde es langsam zu bunt und er fragte den Polizei-Einsatzleiter: „Sollen wir ihn aus dem RTW rausholen, wieder an das Brückengeländer stellen? Dann könnt ihr nochmal anfangen." Diskussion und Einsatz für uns beendet.

Einsätze mit dem GW-TR

Wir werden gerufen, um eine Katze aus einer Wohnung zu holen, deren Besitzer verstorben ist. Die Situation erschien grotesk. Rettungsdienst und Polizei waren noch in der Wohnung. Ein Mann, der Verstorbene, lag mit nacktem Oberkörper auf seinem Bett. Auf seinem Bauch die Katze. „Wir bekommen die nicht runter von dem Mann." sagte ein Polizeibeamter.

„Warum nicht?"

„Schau selbst."

Die Katze hatte sich mit ihren 4 Pfoten in dem entblößten Bauch des Verstorbenen festgekrallt. Katzen können einem Menschen böse Verletzungen zufügen, wenn sie richtig sauer sind. Deswegen trugen wir sehr dicke und langärmlige Lederhandschuhe. Wir wollten die Katze packen.

Die Katze ließ nicht los. Immer wenn mein Kollege die Katze packte und hochheben wollte, ging auch die Bauchdecke des Verstorbenen mit hoch. Was tun? Eine bizarre Idee. Ich nahm eine Hand des Verstorbenen und legte sie langsam auf den Rücken der Katze. Die Katze zog ihre Krallen ein und wir konnten sie mitnehmen.

Ein Kampfhund war aus der Sicherstellungsbox entwischt und bewegte sich aufgeregt und unsicher in der Fahrzeughalle der Feuer- und Rettungswache. Eine potentielle Gefahr.

Mit mehreren Kollegen trieben wir den Hund in Richtung unserer Schreinerei, die über eine Treppe zu erreichen war. Die Türe der Schreinerei war offen. Über eine Steckleiter hat sich ein Kollege an einem offenen Fenster der Schreinerei postiert, um den Hund mit einem Betäubungspfeil aus einem Blasrohr ruhig zu stellen. Er wartete, bis der Hund sich etwas beruhigt hatte und eine Zeit an einer Stelle verweilt. Jetzt fehlte die Absprache. Der Kollege, der die Türe zur Schreinerei geschlossen hatte, war der Meinung alles wäre erledigt und öffnet die Türe. Der Kollege am Fenster entschloss sich in dem Moment, den Pfeil abzuschießen. Die Türe öffnete sich und der Pfeil schlug haarscharf neben dem Kollegen in das Holz der Türe ein. Wenn das schiefgegangen wäre, hätte ich nicht die Unfallmeldung schreiben wollen. Der Hund konnte noch betäubt und zu einem Tierarzt transportiert werden. Die zwei beteiligten Kollegen sprachen im Verlaufe dieser Dienstschicht nicht mehr viel miteinander.

„Einladen und ab in die Seife" sagte mein Kollege.

Die den Tierkörperverwertungsanlagen zugeführten verstorbenen Tiere werden, wenn der Eigentümer sich nicht meldet, in ihre Bestandteile zerlegt. Ein Teil der Fette wird dann unter anderem zur Seifenherstellung genutzt.

Ein Rottweiler war von einem PKW überfahren worden und auf der Stelle tot.

Wir transportieren Tierkadaver in diesen Fällen meist zu einer Tierkörperverwertungsanlage.

Ein Aufschrei und Tumult hinter uns. Wir hatten nicht bemerkt, dass die Besitzerin des Hundes vor Ort war. Es dauerte sehr lange, bis die Besitzerin unsere Entschuldigungen angenommen hat.

Sie konnte nicht wissen und verstehen, dass unser Verhältnis zum Tod eines Haustieres ein anderes ist.

Nachts auf einer Landstraße.

Die Polizei hat uns gerufen, da an einem Baum ein herrenloser Hund angeleint sei. Stockdunkel, nur das Licht unserer Taschenlampen. Ein Dobermann. Unberechenbar, keine Mimik, keine Körpersprache. Er schaut uns an, die Ohren leicht angelegt und sein Knurren empfängt uns. Betäuben? Der diensttuende Tierarzt ist in 30 Kilometer Entfernung. Wir sind unsicher, ob die Betäubung anhält. Ein wild gewordener Hund in unserem Tierrettungswagen macht keinen Spaß. Wir würden ihn gerne mit unserer Schlinge einfangen. Die Leine des Hundes ist aber sehr lang und er könnte uns packen bei dem Versuch. Ein verzweifelter Versuch von mir. Ich gehe drei Schritte auf den Hund zu und rufe energisch „Sitz"! Der Hund setzt sich, aus dem Knurren wird ein leichtes Winseln. Ich spreche weiter mit ihm. Mein Kollege kann ihn problemlos mit der Schlinge einfangen. Manchmal funktionieren die einfachen Dinge.

Einsätze Hauptbahnhof

Eine Person ist von einem Zug überfahren worden. Wir müssen die Leichenteile bergen. Der Zug wird geräumt, die meisten Fahrgäste befinden sich auf dem Bahnsteig. Wir einigen uns, dass wir die Leichenteile zu der anderen Seite, auf der keine Fahrgäste stehen herausholen. Unter einem Zug, im Gleisbett, ist es eng und schmutzig. Ein Kollege verwechselt während seiner grausigen Arbeit die Seiten. Er reichte ein Bein des Leichnams zu dem Bahnsteig heraus, auf dem sich die Fahrgäste befanden. Die Polizei und wir hatten danach einen sehr intensiven Betreuungseinsatz.

Wir werden zu „Person unter Zug" im Hauptbahnhof alarmiert. Am Einsatzort informiert uns ein Polizeibeamter, dass wir kein schweres Gerät auf dem Bahnsteig benötigen. „Glaube nur, was Du siehst" ist normalerweise unser Wahlspruch. Ich lasse die Kollegen trotzdem alles bereitlegen und gehe mit zwei weiteren Kollegen mit dem Polizeibeamten zum Bahnsteig. Nein, hier brauchen wir kein schweres Gerät. Der Torso eines Mannes hängt wie übergestülpt auf dem Puffer einer Lok. Der Lokführer hat den Unfall nicht bemerkt und ist erst im Bahnhof auf die missliche Situation aufmerksam gemacht worden. Glücklicherweise ist es ca. 03.00 Uhr am Morgen. Es befinden sich wenige Fahrgäste auf den Bahnsteigen. Es hat keiner etwas mitbekommen.

Karneval in Köln. Tausende Menschen im Hauptbahnhof. Eine Person soll von einem Zug überfahren worden sein. Als wir uns mit der Mannschaft und allen Geräten zu dem betreffenden Zug durchgewühlt haben, ist alles da, nur keine Person unter dem Zug. Nach einigem hin und her meldet sich der Betroffene bei uns, will wissen ob wir wegen ihm hier wären. Große Fragezeichen bei uns! Ja, er wäre in das Gleisbett gestürzt, und der Zug ist über ihn drüber gefahren. Aber es wäre ja nichts passiert. Unser Notarzt diagnostiziert eine kleine Platzwunde am Kinn des Mannes und offensichtlich erheblichen Alkoholkonsum. Ob der gute Mann je realisiert hat, welches Glück ihm an diesem Tag zuteil kam?

Feuer in einem großen Einfamilienhaus

Einstieg in das Haus durch eine Türe auf der Rückseite. Wir wissen nicht, in was für einem Raum wir uns befinden. Durch den Brandrauch keine Sicht. Wände und Boden scheinen gefliest zu sein. Platsch! Mein Vordermann war etwas seitlich von mir gekrochen und plötzlich verschwunden. Wir befanden uns im Schwimmbad des Hauses. Der Kollege war in den Pool gestürzt. Nichts weiter passiert.

Der schiefe Turm von Köln

29. September 2004

Ich liege in meinem Ruheraum. Mitternacht ist gerade vorüber. Der Alarmgong ertönt und der Disponent in der Leitstelle alarmiert uns ohne Sonderrechte zu einer Hilfeleistung für die Polizei. Ich rufe ihn an und er erklärt mir kurz, dass es sich um eine Alarmanlage in einer Kirche in der Südstadt handelt, die nicht abzustellen sei. Wir rücken aus mit der unsinnigen Frage: „Warum passiert so was immer nachts?" Auf der Fahrt kommen wir an einer hell erleuchteten Baustelle vorbei. Hier werden die Löcher für die Röhren einer neuen U-Bahnstrecke in 14 Metern Tiefe gebohrt. Ein großer Kran steht dort. „Auch Nachtarbeiter" sagt ein Kollege. „Ja, die bekommen aber mehr Geld dafür, als wir." Wahrscheinlich.

An der Einsatzstelle führt mich ein Polizeibeamter zu einem mit Pflastersteinen ausgelegten Platz vor dem Kirchturm. Wir kennen uns aus unzähligen Einsätzen und murren beide über diesen Einsatz. Ausgerechnet jetzt fängt es auch noch an zu regnen.

Er zeigt mir eine Stelle, die merkwürdig aussieht. Die Pflastersteine sind auf einer Länge von mehreren Metern aufgeworfen, wie eine Welle. Keine Erklärung dafür. Die Alarmanlage schweigt. Ich gehe mit meinem Angriffstruppführer und dem Polizisten in die Kirche. Dort werden wir von Ordensschwestern der Gemeinde erwartet. Alles dunkel, der Strom ist ausgefallen. Was ist hier los? Im Kircheninneren, auf dem Weg zum Altar fällt uns auf, dass Bilder von den Wänden heruntergefallen sind. Vor dem Altar sehen wir Gesteinsbrocken. Wasser tropft auf uns. Mein Truppführer und ich leuchten mit unseren starken Handlampen nach oben. Regen fällt auf uns herab und wir können den Himmel sehen. Zwischen Kirchenschiff und Turm klafft eine große Öffnung.

Bild: Feuerwehr Köln

Lücke zwischen Kirchenschiff und Kirchturm

Blitzschnell kommt die Erkenntnis, dass sich der Kirchturm vom Hauptgebäude gelöst hat, vielleicht in ein paar Sekunden umstürzen könnte. „Nichts wie raus hier" ist der erste Gedanke. Wo ist das Mauseloch, in dem ich verschwinden möchte?

Gedanken ordnen. Gegenüber der Kirche stehen Mehrfamilienhäuser. In Fallrichtung des Kirchturms. Dutzende von Menschen liegen dort in ihrem Bett oder sitzen vor dem Fernseher und haben keine Ahnung, in welcher Gefahr sie schweben.

„Ist dir bewusst, dass wir auch darunter liegen, wenn der Turm umfällt" fragt mich ein Kollege. „Ja, das ist es! Hast du eine bessere Idee?" Schweigen.

Schnell noch der Ordensschwester gesagt, dass sie die Kirchturmuhr abstellen soll. Jede Erschütterung damit ausschließen. Die gute Frau ist pfiffig. „Habe ich schon gemacht."

Bild: Feuerwehr Köln

Kirchturmuhr um 02:42 abgeschaltet

Ich laufe zu der Baustelle, die nur etwa 50 Meter entfernt ist und sage dem Kranführer: „Sofort die Arbeiten einstellen, alle aus der Röhre raus!" Entlang des vertikalen Kranseils kann man den Kirchturm sehen. Die Neigung ist deutlich zu erkennen. Der Kranführer ist ein Mann der Tat. Er handelt sofort. Ein Problem weniger. Zusammen mit dem eingetroffenen zweiten Einsatzleiter lösen wir Großalarm für die Feuerwehr Köln aus.

Wir einigen uns darauf, die Bewohner der gefährdeten Häuser „ruhig" zu evakuieren. Es bringt jetzt nichts, wenn wir mit Lautsprecherdurchsagen das ganze Viertel in Panik versetzen. Durch alle Etagen gehen, klingeln, klopfen, rausholen. In etwa 100 Metern Entfernung befindet sich ein großes Hotel. Dort werden wir die Bewohner erst mal unterbringen, bevor sie in städtischen Einrichtungen unterkommen.

Die erste Unterstützung für uns kommt von meiner Wache. Ich weise die Kollegen kurz ein und auch sie gehen in die gefährdeten Häuser. 65 Bewohner aus drei Häusern müssen wir evakuieren. Mit Haustieren, aber ohne Koffer mit dem nötigsten. Es muss schnell gehen.

Zusammen mit der Polizei schaffen wir es.

Kunstgegenstände aus der Kirche holen wir zusammen mit den Ordensschwestern auch noch heraus.

Der Kirchturm bleibt stehen.

Ein Statiker stellt nach einigen Tagen fest, dass der Kirchturm trotz einer Neigung von 77 Zentimetern noch stabil stand und nicht umgestürzt wäre.

Um den Kirchturm weiter zu stabilisieren, wurden in den nächsten Tagen sechs Stahlprofile von außen schräg angebracht. Nach Verfüllung der unterirdischen Hohlräume mit Beton konnte der Kirchturm mit hydraulischen Pressen wieder aufgerichtet werden. Am 26. Oktober 2005 stand er wieder gerade. Nach umfangreichen Instandsetzungsarbeiten im Inneren der Kirche wurde am 28. Juni 2009 der neue Altar eingeweiht.

Im folgenden Kapitel spielt diese U-Bahn Baustelle wieder die Hauptrolle.

Bild: Feuerwehr Köln

Tunnelbaustelle

Bild: Feuerwehr Köln

Einsatzleitung Großalarm

Bild: Feuerwehr Köln

Montieren von Stahlstreben zur Sicherung des Kirchturms

Was für ein Tag

„Anfahrt auf Sicht" heißt es im Feuerwehrjargon. Im Nachbarbezirk brennt es auf einem Brauereigelände. Die Einsatzstelle ist ungefähr 10 Kilometer entfernt und eine mächtige Rauchwolke ist schon zu sehen. Es ist früher Vormittag. Vor einer Stunde erst mit dem Dienst begonnen. Aus dem Mannschaftsraum sagt ein Kollege: „Das wird nichts mit der Mittagspause".

Aus dem Funkgerät höre ich, dass die vor Ort schon tätigen Einsatzkräfte Unterstützung anfordern. Aus dem Mannschaftsraum höre ich die Menüzusammenstellung für die Einsatzverpflegung: „Harte Müsliriegel, warme Apfelschorle…lecker!"

Es brennen mehrere Dutzend Kunststoff-Bierfässer und Holzverschläge auf einem Freigelände der Brauerei. Das gefährliche dabei ist, dass etliche Fässer gefüllt sind und unter Druck stehen. Durch die hohe Wärmeentwicklung zerplatzen sie, bevor das Feuer sie erreicht hat. Umherfliegende Druckrohre aus dem Inneren der Fässer „begrüßen" uns. Ein Teil fliegt haarscharf an unserem LF vorbei und bohrt sich in einen Baum. Viel Deckung für uns gibt es nicht. Die der Brauerei gegenüber stehenden mehrstöckigen Wohnhäuser drohen in Flammen aufzugehen. Die enorme Hitze des Brandes überträgt sich auf die Häuser. Kunststoffbauteile, wie Markisen oder Rollladen, fangen an, sich zu verformen. Sollten Fensterscheiben platzen oder die Dachstühle Feuer fangen, gibt es ein Inferno. Ich organisiere mit den nachgerückten Einsatzkräften eine sogenannte Riegelstellung. Irgendwie müssen wir mit Löschwasser zwischen Brandstelle und Wohnhäuser gelangen.

Wir müssen die TLF mit ihren Dachmonitoren und die Drehleitern mit ihren Wenderohren so nah wie möglich aufstellen. Dadurch, dass immer mehr Fässer und Metallteile durch die Gegend fliegen, wird die Situation erheblich erschwert. Die enormen Wassermengen, die benötigt werden, müssen über etliche Schläuche aus mehreren Hydranten erst mal „herangeschafft" werden.

Selbst der Feuerwehrmann, der alle Abläufe beherrscht und kennt, hat das Gefühl, dass alles viel zu langsam abläuft.

Ich laufe zwischen der Brandstelle und den Wohnhäusern durch um den Kollegen Anweisungen zu geben. Der Geräuschpegel des Feuers und der ständigen Explosionen ist zu hoch, um sich über die Funkgeräte zu verständigen. 100 Meter, die immer länger werden. Ich weiß gar nicht, wie viele Teile, die durch die Luft schweben und glühend herunterfallen mich treffen. Ich vertraue meiner Schutzkleidung. Wir wissen immer noch nicht, wie hoch die Anzahl der gefährdeten Leute in den Wohnhäusern ist. Wie bekommen wir die in Sicherheit? Nach vorne durch die Haustüre, zur Brandstelle hin, ganz bestimmt nicht.

Ich komme bei den nachgerückten Kräften an und stimme mit dem Zugführer weitere Maßnahmen ab. Wasser auf die gefährdeten Häuser, Wasser auf die Brandstelle. Meiner eigenen Mannschaft gebe ich die Weisung sich Zutritt zu den Häusern zu verschaffen. Gefährdete Personen wenn möglich nach hinten herausführen, Zustand der Wohnungen kontrollieren. Mittlerweile prasseln zig tausende Liter Wasser auf die Häuser und die Brandstelle. Ich laufe wieder zwischen den Wohnhäusern und der Brandstelle zurück. Jetzt besteht nicht mehr die Gefahr zu verbrennen, eher zu ertrinken. Immer mehr nach-alarmierte Einsatzkräfte kommen an. Schläuche zur Wasserentnahme und Abgabe liegen gefühlt im ganzen Stadtviertel. Vollkommen durchnässt - selbst meine Funkgeräte sind „abgesoffen"- habe ich einen kurzen Moment, um mich zu sammeln. Ich kann mich mit dem Gesamteinsatzleiter und weiteren Einsatzkräften abstimmen. Meine Mannschaft gibt mir die Rückmeldung, dass in den Wohnhäusern „alles ok ist". Die Info reicht mir im Moment. Für mich bedeutet dies: keine Menschen in Gefahr oder geschädigt, keine Sachwerte mehr in Gefahr. Zeit für Details ist später.

Es entwickelt sich langsam zu einem „normalen Brandeinsatz". Aus Strahlrohren, Wenderohren, Dachmonitoren wird Wasser auf die Brandstelle gespritzt. Ich bin KO, die meisten von uns sind KO. Was hier in wenigen Zeilen wiedergegeben wird, war in der Realzeit über eine Stunde "Chaosphase". Eine Stunde voller Adrenalin. Körper und Geist wollen etwas Ruhe. Meine Trupp und ich sind verdreckt und durchnässt. Der Einsatzleiter schickt uns zur Wache zurück. Super! Das bedeutet richtiges Essen und keine harten Müsliriegel und warme Apfelschorle. Schnell reinigen und umziehen, dann wieder einsatzbereit melden. Der Schutz der Bürger der Stadt muss sichergestellt sein. Ausruhen ist nicht vorgesehen, jede Sekunde kann uns der nächste Einsatz ereilen. Das ist nun mal der Job.

Bilder: Miklos Laubert

Bild: Miklos Laubert

Rest eines explodierten Bierfasses

Die Rückfahrt verläuft recht still. Alle haben Hunger, sind erschöpft und lassen die vergangenen Stunden nochmals an sich vorbei ziehen. „Wir haben verdammt viel Glück gehabt" ist der Tenor der wenigen Worte, die gesprochen werden. Leicht hätte bei den dauernden Explosionen und den umherfliegenden Teilen auch uns was treffen können. Ja, Glück gehört bei diesem Beruf häufig dazu.

Auf der Wache die Reste vom Frühstück runter schlingen. Jetzt schnell die Fahrzeuge wieder einsatzbereit machen. Säubern, Schläuche auswechseln, alles nochmals auf Vollständigkeit prüfen. Unsere nasse und verdreckte Einsatzkleidung tauschen, duschen und dann endlich etwas „Richtiges" essen. Natürlich auch wieder einsatzbereit melden.

Während der Mittagspause sage ich noch: „Männer, das war unser Highlight heute, besser geht's für einen Feuerwehrmann kaum." Allgemeine Zustimmung.

Ein Stündchen Ruhe, dann geht's weiter mit dem Wachalltag. Ich rufe meine Frau an, sie ist auf einer Geburtstagsfeier.

Der Alarmgong ertönt. Die Stimme aus dem Lautsprecher alarmiert uns zu einem Gebäudeeinsturz in der Südstadt. Die Kollegen von der Innenstadtwache sind schon unterwegs. Ich kenne die Adresse und werde unruhig. Es handelt sich um das Kölner Stadtarchiv.

Im Funkverkehr geht es drunter und drüber. Meine Leute fragen mich, ob ich einen Plan hätte in Hinsicht unserer Tätigkeit an der Einsatzstelle. In meinem Kopf ist alles, nur kein Plan. Also konzentrieren! Nicht einfach in einem 14 Tonnen schweren LKW, der mit Alarm durch den Kölner Stadtverkehr fährt. Auf Grund der Alarmierungskette, die ich auf meinem EPRO lesen kann, entscheide ich, dass sich meine Mannschaft um die Koordination zur Versorgung und Abtransport von Verletzten kümmert. In meinem Kopf schwirrt eine immens hohe Anzahl von Opfern. Anders geht's gar nicht. Belebte Straße, es ist immer noch Mittagszeit, gegenüber des Gebäudes steht ein Gymnasium, Bushaltestelle vor dem Haus.

Außerdem eine über 30 Meter tiefe Baugrube, in der eine neue U-Bahnstrecke gebaut werden soll. 200 Meter weiter steht die einst schiefe Kirche über dem gleichen Bautunnel. Bei den jahrelangen Ermittlungen der Staatsanwaltschaft stellt sich irgendwann heraus, dass auf der Baustelle Dinge geschahen, die zwangsläufig zu diesem Einsturz führten. Erst 2018 werden die ersten strafrechtlichen Urteile ausgesprochen.

Ich sage meinen Männern, dass sie nach unserer Ankunft unbedingt am Fahrzeug bleiben, bis sie einen Einsatzbefehl von mir bekommen.

Auch der Feuerwehrmann tickt wie der normale Mensch. Ist etwas in dieser Dimension geschehen, kann er kaum abwarten, bis er helfen kann. Ja, wir helfen. Aber es muss koordiniert sein.

Die Staubwolke von der Einsatzstelle ist auf der Anfahrt zu sehen. Irgendwie erinnert mich das an den Einsatz von heute Morgen. Aber das hier ist eine ganz andere Dimension.

Bild: Jürgen Schütze

Teileinsturz Nachbarhaus

Bild: Miklos Laubert

Eingestürztes Stadtarchiv

Bild: Jürgen Schütze

Bilder: Miklos Laubert

Organisation MANV

Ich platziere unsere Einsatzfahrzeuge auf einer großen Kreuzung. Die Polizei ist beschäftigt mit ersten Absperrmaßnahmen.

Köln wird heute Staustadt Nummer eins. Ich gehe in Richtung Staubwolke, denn mehr ist nicht zu sehen. Über mein Handfunkgerät versuche ich den Einsatzleiter zu erreichen. „Organisier MANV auf Deiner Seite" sagt er.

„MANV" bedeutet Massenanfall von verletzten oder erkrankten Personen. Da der lokale Rettungsdienst diese Situation nicht alleine bewältigen kann, werden in diesem Fall weitere Sondereinheiten oder auswärtige Einheiten angefordert.

Ich bestätige ihm, dass ich erwähnte Kreuzung und Zufahrten dafür mit meiner Mannschaft vorbereite, sende aber auch gleichzeitig meine Mannschaft aus, um einen Überblick zu bekommen. Ich selbst kann dies nicht, da meine Aufgabe jetzt sehr umfangreich ist. Ich möchte mehr wissen. Was ist wie passiert. Gibt es Tote, sind Verletzte gefunden worden und überhaupt…Geht nicht! Die Organisation des MANV Platzes fordert alles in mir. Jede Menge Einsatzfahrzeuge aus fast allen Kölner Wachen kommen an. Freiwillige Feuerwehr ebenfalls. Diese Unterstützung ist immens wichtig für uns. Ich höre den ersten Rettungshubschrauber anfliegen. Keine Zeit bisher gehabt, dies zu koordinieren. Der Pilot landet auf dem zurzeit einzig verfügbaren Platz. Direkt neben der geplanten MANV Stelle. Glück gehabt. Mit einem weiteren Einsatzleiter aus dem Bereich Rettungsdienst kann ich mich kurz absprechen, ebenso mit dem leitenden Notarzt. Trotz des Riesenchaos´ läuft unsere Planung und Durchsetzung recht flott. Ich weise meine Mannschaft ein. Wie die ankommenden RTW und NEF aufgestellt werden, wo der Behandlungsplatz hin soll.

Die Fahrzeuge der zuständigen Wache für den Aufbau des Behandlungsplatzes kommen an und die Mannschaft errichtet professionell und schnell alles Erforderliche. Komisch, noch gar keine verletzten Personen hier. Ich frage über Funk den Gesamteinsatzleiter danach. „Noch keine gefunden" seine Antwort. "Was ist mit dem Gymnasium?" meine Frage. „Sind wohl alle unverletzt, wird noch kontrolliert". Ich bin irritiert. Es muss doch eine hohe Anzahl von Opfern geben. Mittlerweile ist bei mir angekommen, dass auch Nachbargebäude eingestürzt sind bzw. stark beschädigt wurden. OK, ich habe keinen Gesamtüberblick und denke aus der Emotion heraus.

Meine Mannschaft und ich organisieren die ankommenden Rettungsfahrzeuge. Jedem Fahrzeug wird ein Stellplatz zugewiesen mit der Weisung an die Besatzung, an ihrem Fahrzeug zu bleiben, damit sie sofort eingesetzt werden können, wenn es nötig ist. Weitere Rettungshubschrauber sind gelandet, ein Polizeihubschrauber kreist über der Unglücksstelle. Ich sage meiner Mannschaft, sie müssen dafür sorgen, dass die Besatzungen diszipliniert bei ihren Fahrzeugen bleiben und nicht herumlaufen, um etwas von der Unglücksstelle zu sehen. Da unterscheidet sich der Feuerwehrmann, Rettungsassistent nicht vom normalen Menschen. Erst mal sehen, was geschehen ist. Wird dann z. B. ein RTW benötigt und die Besatzung ist auf „Besichtigungstour" wird's schwierig. Alle sind sehr diszipliniert. Der MANV Platz steht!

Es kommen betroffene Personen zu uns. Anwohner, Augenzeugen. Bisher gibt es keine Schwerverletzten oder Todesopfer. Zu diesem Zeitpunkt, etwa vier Stunden nach dem Einsturz. Das heißt noch gar nichts. Der betroffene Bereich ist größer als ein Fußballfeld. Ein riesiger Schuttkegel ist zu sehen.

Wo vorher eine über 30 Meter tiefe Baustelle war liegen jetzt Haustrümmer. Über 20 Meter hoch. Freie Sicht auf den Himmel, wo vorher Wohnhäuser standen, freier Einblick in Wohnräume, deren Fassaden eingestürzt sind, zerquetschte PKW und Lieferwagen. Keine Opfer bisher.

Es wird bekannt, dass jemand im Stadtarchiv kurz vor dem Einsturz verdächtige Risse im Mauerwerk wahrgenommen hat. Daraufhin sorgte er in aller Eile dafür, dass alle Mitarbeiter und Gäste das Haus fluchtartig verließen.

Der Staub hat sich langsam gelegt. Ich bekomme Kopfschmerzen. Von den 10 Stunden, die ich bis jetzt im Dienst bin, habe ich acht Stunden den Feuerwehrhelm an. Vielen anderen Kollegen, die heute Morgen bei dem Großbrand in der Brauerei waren, geht es genauso.

Ich beobachte meine Mannschaft. Funktionieren die noch? Es sind erfahrene Männer, die einiges aushalten. Sie können effektiv und ökonomisch über mehrere Stunden arbeiten.

Durst und Hunger sich fast schmerzhaft bei uns bemerkbar. Unser kleiner Vorrat an Snacks und Getränken ist aufgebraucht. Keiner mag mehr einen Müsliriegel sehen. Ein angrenzender Schnellimbiss spendiert ganz unaufgefordert Speisen und Getränke. Als Beamte dürften wir so etwas eigentlich nicht annehmen. Wir nehmen es dankbar an! Nach mehreren Stunden kann in Zusammenarbeit mit der Polizei festgestellt werden, dass fast alle dort wohnenden Personen entweder erreicht wurden oder sich selber gemeldet haben. Zwei Personen werden konkret vermisst. Sie sind in einem Haus gemeldet, das es nicht mehr gibt. Eingestürzt. Die Ermittlungen ergeben, dass sich die beiden Männer zum Zeitpunkt des Einsturzes höchstwahrscheinlich in ihren Wohnungen aufgehalten haben.

Wir sind am Ende. Seit 10 Stunden sind wir hier an der Einsatzstelle. Es ist unser Beruf, dies zu machen und auszuhalten. Doch wir sind auch Menschen. Der Vormittag dieser Schicht war geprägt durch immense physische und psychische Anstrengung. Hier, bei dem Gebäudeeinsturz, überwiegt bei meiner Mannschaft und mir das Psychische. Wir waren weniger in die Such- und Rettungsarbeiten direkt an der Einsturzstelle eingebunden. Dafür musste die Konzentration auf die Organisation und Abfolge auf „unserer Seite" lange sehr hoch gehalten werden. Ich gehe zur Gesamteinsatzleitung und melde, dass meine Mannschaft und ich abgelöst werden müssen. Mittlerweile sind fast 200 Einsatzkräfte vor Ort. Eine Stunde später rücken wir zu unserer Wache ein. Feierabend? Nein, nein, wir haben noch 6 Stunden Dienst. Prompt folgen in der Nacht noch zwei Einsätze.

Was für ein Tag!

Ein Tag nach dem Ereignis werde ich aus dem 24 Stunden Wachdienst herausgenommen und besetze für zwei Wochen mit weiteren Kollegen die Einsatzleitung vor Ort. Dies geschieht in 12 Stunden Schichten, wechselweise Tag und Nacht. Zu Hause bekomme ich nicht mehr viel mit. Die meiste Zeit schlafe ich. Meine Familie zeigt Verständnis. Vielen Dank!

Die zwei vermissten Männer werden durch Kollegen nach 5 bzw. 9 Tagen gefunden und geborgen. Sie lagen dort, wo sie nach ersten Erkenntnissen auch vermutet wurden.

Bild: Jürgen Schütze

Suizid

Selbstmord, Selbsttötung oder Suizid. Je nach "Anwender" - umgangssprachlich, juristisch oder medizinisch - gibt es eine unterschiedliche Ausdrucksweise für das gleiche Ergebnis. Ein Mensch hat seinem Leben selbst ein Ende gesetzt! Ich bleibe hier beim Ausdruck Suizid, weil dieser mir durch die Nähe zur Notfallmedizin am geläufigsten ist.

Der Suizid ist nach deutschem Strafgesetzbuch straffrei. Dass dies gesetzlich geregelt ist, mag in Deutschland verwundern. Es gibt aber in anderen Kulturkreisen - z. B. im asiatischen Raum - Gesetze, die es zulassen, dass nächste Angehörige von Suizidenten durch die Gerichte bestraft werden können. Der sinngemäße Hintergrund ist der, dass die Angehörigen es unter Umständen nicht verhindert haben, dass ein Mensch sich selbst tötet. Dem entgegen spricht, dass andere Kulturkreise es zulassen, dass Suizid zur Herstellung der Ehre oder zum Einzug in das Glaubensparadies führen. In Deutschland kann ein angedeuteter oder missglückter Suizidversuch dazu führen, dass diejenige Person zwangsweise in eine geschlossene Abteilung einer psychiatrischen Klinik eingewiesen wird. Durch diese Zwangseinweisung verliert die Person erst mal ihr Grundrecht auf die freie Wahl des Aufenthaltsortes. Verrückte Welt!

Es kommt eine Alarmierung, dass sich in einer Wohnung eine hilflose Frau befinden solle, die Suizidabsichten geäußert hat. Die Adresse ist nur etwa 3 Minuten von der Wache entfernt. Mit LF, DL und RTW geht's los.

Die Alarmierung sorgt bei keinem von uns für einen erhöhten Adrenalinspiegel. Zu oft werden wir mit dieser Information in den Einsatz geschickt.

Erst mal abwarten, was uns erwartet. Am Ort selbst ist ein naher Angehöriger der Frau, der, natürlich sehr aufgeregt, erklärt, dass die Frau sich nicht mehr melde, obwohl er ganz sicher ist, dass sie sich noch in der Wohnung befinde. Er hat, bevor er uns alarmierte, noch mit ihr gesprochen.

Für uns bedeutet dies ganz klar: „Mensch in Not"! Ich beordere Kollegen an die Vorder- und Rückseite des Gebäudes, um die Fenster im Blick zu haben. Nichts ist einfacher für einen Suizidenten, als aus dem Fenster zu springen. Das in unserem Beisein wäre mehr als tragisch.

Ich eile mit meinem Trupp in das 2. OG zur angegeben Wohnungstüre. Da die Angaben des Anrufers sehr konkret waren, halten wir uns nicht mit Feinheiten einer technischen Türöffnung auf, sondern gehen mit brachialer Gewalt vor. Zwei gezielte Schläge mit der Feuerwehraxt und die Türe kracht mitsamt dem Rahmen in den Wohnungsflur.

Ein unwirkliches Bild! Der Flur des Altbaus ist etwa 6 Meter lang. Am Ende hockt eine Frau unbekleidet und blutüberströmt auf den Knien und hält ein riesiges Messer auf sich zugewandt in den Händen.

Keine Zeit die Frau anzusprechen. Ich rufe nur: „Rettungsdienst in die Wohnung!" und stürme mit einem Kollegen vor. Genau in diesem Moment rammt sich die Frau das Messer in den Oberkörper. Keine Schreie von ihr…die Augen auf uns gerichtet, keine Mimik.

6 Meter können gefühlt zu 50 Metern werden in dieser Situation.

Das Messer steckt bis zum Heft in der Herzgegend. Die Frau hatte sich das Messer zwischen zwei Rippen angesetzt und zugestoßen. Mein erster Eindruck: „Das war's." Es gibt nicht viel zu überlegen. Berufliche Instinkte, die im Laufe der Jahre heranreifen, vermitteln einem selber oft die Wahrheit.

Was nun? Das Messer herausziehen? Auf gar keinen Fall! Ein Gegenstand, der mit massiver Gewalt in einen Körper eindringt, kann durch das Eindringen Blutgefäße verschließen, die beim Herausziehen des Gegenstandes massiv in den Körper einbluten. Aber irgendwas müssen wir doch tun! Jetzt ist wieder dieser Punkt der Hilflosigkeit im Einsatz da. Wir waren schnell, wir stehen bei dem Unglück und wir können kaum was machen. Alles was jetzt geschieht ist einstudiert. Notarzt nachbestellen - der ist je nach Meldebild des Anrufers nicht unbedingt dabei - die Trage vom Rettungswagen hochbringen lassen. Meine Kollegen machen den Oberkörper der Frau frei um das EKG Gerät anzulegen, Infusionen werden vorbereitet. Wir sehen unzählige Stichwunden im Oberkörper in dem Blutspiel. Wir wissen alle, dass das, was wir hier unternehmen nichts mehr bringt. Trotzdem wird es gemacht. Wir sind Menschen und waren beim „Todesstoß" dabei. Da können wir doch nicht einfach nur rumstehen und denken: „Die ist tot."

Mist...mir fällt der Anrufer ein. Der steht bestimmt vor der Wohnung und schaut herein. Genau, so ist es. In diesem Moment möchte ich wieder irgendwo anders sein. Nur nicht hier. Hilft ja nichts. Ich nehme den Mann zur Seite und versuche, ihn aus der Situation herauszuführen.

Am besten wieder auf die Straße, in die Obhut von meinem Fahrer. Glücklicherweise hat er nicht viel mitbekommen, nur gesehen, dass seine Verwandte auf dem Boden liegt. Klar, er möchte unbedingt wissen, was in der Wohnung vorgeht. Mit, in langen Berufsjahren, einstudierten Floskeln versuche ich ihn zu beruhigen. Wir machen alles, sie wird medizinisch versorgt, dann müssen wir mal weitersehen.

Auf diese Situationen wird ein Feuerwehrmann in keinem Studium, in keinem Seminar vorbereitet. Learning by doing. Man kann es oder man kann es nicht. Machen muss man es in vielen Fällen. Es gibt Notfallseelsorger oder extra geschulte Kollegen für so etwas. Nur, bis die vor Ort sind, vergeht viel Zeit. Sollen Angehörige oder Betroffene bis dahin in eine Ecke gestellt werden, mit den Worten: „Gleich kommt einer, der sagt ihnen wie es weitergeht"?

Gesetzlich ist es so, dass nur ein Arzt/ Ärztin eine Todesnachricht ausspricht. Nur sie können amtlich den Tod eines Menschen feststellen. Soweit die Theorie. Nicht immer ist, bei einem offensichtlichen Todesfall, ein Notarzt direkt zur Stelle. Aber anwesende Angehörige, Betroffene wollen und müssen Klarheit haben. Die Feuerwehr ist häufig die erste Instanz an solchen Einsatzstellen, der erste Ansprechpartner. Zwischen Hilfesuchenden und Feuerwehrbeamten bildet sich oft blitzschnell ein kleines Vertrauensverhältnis. Der Hilfesuchende hat endlich jemanden, dem er seine Not und Sorge von Mensch zu Mensch übermitteln kann. Dieses Vertrauensverhältnis darf in der kurzen Zeit, die zusammen verbracht wird, nicht zerstört werden.

Auch das überbringen einer Todesnachricht gehört dazu. Daran gewöhnen kann man sich nie!

Die bizarrsten Unglücksfälle werden an Führungsinstituten oder Akademien gelehrt. Nur der Alltag nicht. Führungsbeamte aus den „Plüsch-Etagen" bei den Feuerwehren kommen damit auch selten bis gar nicht in Berührung. Also...seht zu, ihr Leute aus dem Einsatzdienst, wie ihr damit zurechtkommt.

Die Frau ist tot! Daran gibt es nichts zu rütteln. Hätten wir, unabhängig von der Vorgeschichte, das verhindern können? Waren wir zu langsam auf der Anfahrt? Quatsch! Waren wir zu langsam beim Türe öffnen? Auch Quatsch! Nein, an uns hat es nicht gelegen, dass diese Frau nun tot ist. Sie hat es so gewollt. Aber wir...wir wünschen uns, dass sie es anders, nicht in dieser Form gemacht hätte. Nein, nicht die tote Frau beschäftigt uns, sondern das, was in uns jetzt vorgeht. Das ist nicht pietätlos gegenüber der Frau. Wir, die leben, müssen uns schützen vor schlechten Gedanken, die uns beim nächsten Einsatz behindern. Wir helfen den Menschen, wir wollen nicht zusehen, wie ein Mensch stirbt.

Noch an der Einsatzstelle suche ich das Gespräch mit meinen Mitarbeitern und versuche durch Beobachtung herauszufinden, wem es jetzt richtig schlecht geht. Ich habe Glück, denn es sind alles, auch meine Leute die auf dem RTW sind, erfahrene Feuerwehrmänner. Dies bedeutet nicht, dass sie es dadurch besser verkraften. Ich habe eher Vertrauen zu ihrer Selbsteinschätzung, die sie dahin führt, dass sie mir sagen, wenn es bei ihnen „nicht mehr geht".

Fakt ist, dass ein Mensch der seinem Leben ein Ende setzt, einer psychischen Ausnahmesituation unterliegt, und er im Moment des Handelns für ihn selbst keine andere Lösung mehr sieht. Mein Beruf hat mir gezeigt, dass es absolut nichtige Gründe gibt, die Menschen in diese Tat treiben. Der leichte Auffahrunfall nur mit Blechschaden auf der Stadtautobahn reicht offensichtlich bereits aus, dass sich ein Mensch über die Brüstung der Stadtautobahn hangelt und 15 Meter tief in den Tod springt.

In meinem Beruf habe ich sehr viele unterschiedliche Arten dieser Handlungsweise gesehen. Ich möchte fast behaupten, es gibt keine Art von Suizid, die mir unbekannt ist. Der Beruf bringt es mit sich, dass der Suizid von Kindern auch ein Thema ist. Wenn Kinder zu Schaden kommen, ist es grundsätzlich so, dass auch der "härteste" Feuerwehrmann ins Wanken gerät. Ich bin in meiner beruflichen Laufbahn zweimal mit Suizid von Kindern konfrontiert worden, zusätzlich zu den hunderten "normalen" Suiziderlebnissen. Das erste Mal hatte sich ein zwölfjähriger Junge aus Verzweiflung über seine Krebserkrankung mit einem Messer in das Herz gestochen, beim zweiten Mal hatte sich ein neunjähriger Junge nach einem Streit mit seinen Eltern im Keller des Hauses erhängt.

Ich kann die medizinischen Hintergründe für einen Suizid nicht erklären. Was ich aus der Praxis weiß ist, dass depressive Menschen häufig eine „Vorbereitung" für den Suizid treffen. Sei es, alles im Vorfeld für seine Hinterlassenschaft zu regeln oder die Art des Suizids genau auszuarbeiten. Ich habe bei Einsätzen erlebt, dass Literatur über Selbstmordmöglichkeiten aufgefunden wurde.

Ich zitiere hier gerne den Psychiater, Psychotherapeuten und römisch-katholischen Theologen Doktor Manfred Lütz:

„Aber ganz sicher ist in einer schweren depressiven Phase der Suizid kein "Freitod" oder gar ein "Selbstmord". Es ist die Krankheit, die den Patienten in den Tod treibt. Der Suizid ist das tödliche Ende einer Depression - so wie der tödliche Asthma-Anfall das Ende der Krankheit Asthma sein kann."

Manfred Lütz ist auch Autor mehrerer Bücher, die sich mit der Psychologie des Menschen befassen - unter anderem "IRRE! Wir behandeln die Falschen" erschienen im Goldmann Verlag. Er erklärt so bildhaft, dass auch ich Zusammenhänge verstehe. Ich habe ihn nie kennengelernt. Trotzdem habe ich Hochachtung vor diesem „Psycho- Entertainer". Er möge mir diesen Ausdruck verzeihen, wenn er, durch welchen Zufall auch immer, dieses Buch in die Hände bekommt.

Aber egal, wie ein Suizid geplant oder ausgeführt wird, für meine Kollegen und mich ist das Ergebnis an der Einsatzstelle immer das gleiche. Ein, oder mehrere Menschen sind tot!

Wir werden durch die Leitstelle zu einem Wasserschaden alarmiert. Das ist ja nun wirklich keine Alarmierung, die unseren Puls höher schlagen lässt. Wahrscheinlich ein Rohrbruch oder Ähnliches. In der zweiten Etage des Hauses kommt Wasser durch die Decke einer Wohnung. Also noch einmal höher. Ein Kollege ist mittlerweile im Keller, um die Wasserversorgung abzudrehen.

Da hätten die Hausbewohner auch selber drauf kommen können, aber NEIN, alle hilflos und nur mit sich selbst beschäftigt - die üblichen Gedanken eines Feuerwehrmannes. Die Wohnungstüre bekommen wir schnell und gewaltlos geöffnet. Erst mal sehen wir nur

Wasserdampf. Alles klar, Boiler oder Durchlauferhitzer kaputt. Irgendwas ist komisch. Auf dem Wohnzimmertisch liegen bündelweise Geld und Akten. „Ach du Scheiße" höre ich einen Kollegen rufen. "Komm mal ins Bad." Es verschlägt uns die Sprache!

Am Duschgestänge hängt eine Frau mit einem Strick um den Hals. Heißes Wasser läuft über den nackten Körper. Das typische Bild. Die Zunge hängt dick und blau aus dem Mund, der Kopf ist bläulich verfärbt. Die Füße sind nach vorne gerutscht. Würde die Frau gerade stehen wäre nichts geschehen. Mit welcher Willenskraft hat die Frau eine solche Aktion durchgeführt? Das heiße Wasser der Dusche aufdrehen, den Strick umständlich montieren, sich mit dem heißen Wasser berieseln lassen, den Strick um den Hals legen und dann fallen lassen. Für mich unerklärlich, dass diese Willenskraft nicht zum Weiterleben ausgereicht hat. Wir erfahren, dass die Akten- und Geldbündel der geregelte Nachlass waren. Die Frau war schwer erkrankt und sah keinen Sinn mehr im Leben. Trotzdem…ein Teil der Kraft zur Ausführung des Suizides hätte zum Leben gereicht. Meine Meinung!

In Deutschland nehmen sich ca. 10.000 Menschen jährlich das Leben. Das sind doppelt so viele, wie durch Verkehrsunfälle sterben. In einem so zivilisierten Land. In vielen anderen Ländern auf der Welt, die auf Grund ihres Lebensstandards, ihrer politischen Situation oder ihrer radikalen Glaubensunterschiede die dortigen Menschen doch eher in die Verzweiflung taumeln lassen, ist Suizid nicht die Lösung. Es existiert eine deutsche Gesellschaft für Suizidprävention. Es gibt unzählige Präventions- oder Hilfestellen bundesweit. Warum diese hohen Zahlen, oder warum die hohe Bereitschaft zum Suizid in Deutschland?

Heiligabend, Mitte der 1990er Jahre. Ein Mann ist mit seinen beiden Kindern - 6 und 9 Jahre - in einem Hochhaus am Rheinufer zu einer Aussichtsplattform unterwegs. In einem an der Außenseite des Hauses liegenden Umgang in etwa 20 m Höhe packt er sich erst das ältere, dann das jüngere Kind, schmeißt sie über die Brüstung und springt dann hinterher.

Hauptbahnhof Köln. Ein junges Pärchen wartet auf dem Bahnsteig auf einen Zug. Der Zug fährt ein, die junge Frau packt ihren Freund und springt mit ihm Hand in Hand auf die Gleise. Beide werden überfahren. Wie ich später erfuhr, war die Frau depressiv, wollte aber nicht alleine sterben. Der junge Mann war wohl arglos.

Ich bin als Fahrer auf dem NEF eingesetzt. Mit dem Arzt, mit dem ich fahre, bin ich auch privat des Öfteren unterwegs. Wir sind ein richtig gutes Team, haben schon einiges erlebt und auch etliche Male „gute Notfallmedizin" gemacht.

Der Einsatz kommt über Funk. Die Einsatzstelle liegt im Kölner Süden, in einem Nobelviertel. Villen hinter dicken Mauern auf unendlich großen Grundstücken. Der Kollege aus der Leitstelle weist uns auf einen Notfall mit Schusswaffengebrauch hin. Zugang zur Einsatzstelle nur wenn Polizei vor Ort ist. Die Polizei ist bei unserem Eintreffen vor Ort, auch der zuständige RTW. Fragen zur Lage können noch nicht beantwortet werden, da die Polizei noch keinen Überblick hat. Verständlich, wenn man die Villa sieht. Geschätzte 20 Zimmer. Es ist nur bekannt, dass die Haushälterin der Villa Schüsse in einer oberen Etage hörte, in ein Nebengebäude gelaufen ist und von dort aus die Polizei verständigt hat.

Wir warten etwa 10 Minuten, bis die Polizeibeamten das Gebäude gesichert haben und uns rein rufen. Wir gehen im Haus über eine Treppe in das erste Obergeschoss. Was für ein Anblick. Dort liegt ein Körper- nach der Kleidung zu urteilen eine Frau - in einer Lache von Blut und Körperteilen. Ein Kopf ist nicht mehr zu erkennen. Dass die Frau tot ist, muss nicht erst durch eine Untersuchung festgestellt werden. Etwas weiter liegt ein toter Hund. Auch der sieht eigentlich nicht mehr nach Hund aus, eher eine undefinierbare Masse. Das kann nur ein Schrotgewehr gewesen sein. Die Polizei führt uns weiter durch ein Schlafzimmer in ein angrenzendes Badezimmer. So groß wie das Badezimmer ist mein ganze Wohnung. Dort liegt in einer riesigen Badewanne ein männlicher Körper, auch ohne Kopf. Die Fliesen und ein Fenster schräg über dem Körper sind stark beschädigt. Überall im Zimmer ist Blut bzw. Fetzen von Körper- und Gehirnmasse zu sehen. Unsere Nachfrage an die Polizei, ob mit noch mehr Toten zu rechnen ist, wird verneint. Na, wenigstens etwas.

Einige Tage später erfuhr ich die Hintergründe dieses Gemetzels. Der Mann, ein Unternehmer, hatte eine Fehlinvestition getätigt und dadurch sehr viel Geld verloren. Das reichte aus, um einen psychischen Kurzschluss herbei zu führen. Mit einem Schrotgewehr hat er erst seine Frau und seinen Hund – oder umgekehrt - erschossen, sich dann in die Badewanne gelegt, einen Cognac getrunken, eine Zigarre geraucht, dann den Gewehrlauf von unten schräg in den Mund gehalten und abgedrückt. Bizarr! Ein mehrfacher Millionär tötet Hund, Frau und sich selbst, nur weil er Geld verloren hat.

Und genau bei dieser Begründung setzen sich meine Gedanken über die hohe Selbstmordrate in Deutschland wieder in Gang. In Deutschland ist kein Platz für

Menschen, die nicht mehr richtig „funktionieren". Das ist im Berufs- wie auch im Privatleben zu sehen. Es gibt, wie schon erwähnt, Hilfsstellen, Forschungsarbeiten, Spezialkliniken, Psychologen. Das alles reicht in Deutschland nicht aus. Wenn ein Feuerwehrmann auf Grund einer posttraumatischen Störung ausfällt, ist eine zeitnahe Behandlung nicht gewährleistet. Weil es keinen Platz oder Termin bei entsprechenden Stellen gibt. Vor einigen Jahren war ich wegen dauernder Überlastung für drei Wochen in einer Klinik, in der die Therapeuten psychosomatische Erkrankungen behandeln sollen. Ganz ehrlich, nach den ersten 15 Minuten mit dem Therapeuten war mir nicht klar, wer von uns beiden die größeren Probleme hatte. Vielleicht falle auch ich zu sehr aus der Norm. Ich habe trotzdem die vorgegebene Zeit dort durchgehalten. Habe ich mich besser gefühlt danach? Ja, aber nicht wegen der Psychotherapie, sondern weil ich andere Menschen kennen gelernt habe, denen es psychisch viel schlimmer ging als mir. War der Klinikaufenthalt dann doch nicht umsonst.

Ein hochtechnisiertes, reiches Land schafft es nicht umfassend, seine alten und kranken Menschen adäquat aufzufangen und zu versorgen. Nur die „Funktionierenden" sorgen für den Reichtum. Da kann doch kein Geld für die „nicht Funktionierenden" ausgegeben werden. Die schmälern den Reichtum.

Oder ist es so, dass die Menschen in diesem Land nicht mehr den richtigen Biss haben? Viel zu schnell aufgeben und wegen Nichtigkeiten glauben, das Leben wäre nichts mehr wert. Doch auch das muss einen Hintergrund haben. Ich werde es nicht aufklären können.

Fingierte Selbstmordversuche

Wesentlich häufiger, als die durchgeführten Suizide, kommt es zu den angedrohten. „Wenn meine Freundin mit mir Schluss macht, bringe ich mich um!" So sitzt der junge stark angetrunkene Mann auf dem Brückengeländer, schwenkt fröhlich seine Flasche mit Kölsch und bringt den Verkehr zum Erliegen. Nun steht ihm leider nicht auf die Stirn geschrieben, wie ernst er es mit seiner Androhung meint. Das ganze Programm wird also aufgezogen. Die Polizei sperrt den Verkehr, unterhalb der Brücke wird durch uns ein Sprungpolster mit Luft aufgeblasen und Feuerwehr und/oder Polizei versuchen, sich dem Mann zu nähern. Ein Kollege nähert sich ihm von der linken Seite und spricht ihn an, ein anderer Kollege kommt von der rechten Seite, Polizeibeamte von hinten. Mit den Augen „abgesprochen". Der Mann ist kurz abgelenkt und schon liegen wir mit drei Personen auf ihm. Der springt heute nicht mehr.

Diese oder ähnliche Szenarien geschehen mehrmals im Monat. In Zeiten des immer größer werdenden Drogenkonsums ist die Hemmschwelle für viele - vor allem junge - Menschen nicht mehr so hoch, so etwas durchzuspielen.

Person auf Kran, so ist die Meldung unserer Leitstelle.

Auf einem Platz in der Kölner Innenstadt steht zu dieser Zeit ein ca. 35 m hoher Baukran. Bei unserer Ankunft sehen wir eine Person auf der Spitze des Kranauslegers hocken. Mit drei Mann, das heißt bei uns Angriffstrupp, gehen wir innen im Kran hoch. Zu dieser Zeit sprach noch niemand über Höhenretter, spezielle Gerätschaften oder Seile zur Selbstsicherung oder Sicherung von anderen Personen. Ein Kran von dieser Höhe mit ca. 15 kg

Ausrüstung je Feuerwehrmann ist eine echte körperliche Herausforderung. Wir gehen ja auch nicht zu unserem Vergnügen dort hoch, denn Spaß haben wir bei einer solchen Aktion gewiss nicht!

Es wird Kontakt mit dem Mann an der Kranspitze aufgenommen.

„Hallo, mein Name ist Lothar, was hast Du vor?"

„Nichts! Ich wollte nur mal hier hoch und ein bisschen Spaß haben."

Ich glaube es nicht! Was für ein Idiot!

„OK, Du hast Spaß genug gehabt! Du kommst jetzt mit uns runter."

„Nein, werde ich nicht. Ihr könnt mich ja einfangen"

Bevor wir uns bewegen, geht der Mann einen Schritt auf dem Gitter des Auslegers zurück, rutscht ab und stürzt 35 Meter tief in den Tod. Lautlos, kein Schrei. Der Aufschlag auf dem Betonboden der Baustelle ist bis zu uns zu hören.

Mein Zugführer spricht mich über mein Handfunkgerät an und will natürlich wissen, was passiert ist. Meine lapidare Antwort: „Nichts, der ist abgeschmiert." Mehr fällt mir nicht ein.

Ein Kollege sagt: „Komm, wir steigen ab, sonst fange ich das Kotzen an." Genau dieses Gefühl habe ich auch. Oder einfach nur schreien. „So ein Idiot, will Spaß und schmiert ab."

Irgendwann sind wir unten angekommen. Klar, der Mann ist tot. Von unten konnte alles genau beobachtet werden. Auch, dass der Abstand zwischen dem Mann und uns noch recht groß war. So mussten wir keine Fragen beantworten, die in die Richtung gehen: „Haben sie den Mann auch richtig gesichert?" Gar nicht gesichert, wir waren noch nicht mal an ihm dran.

Schief gegangen

Ein junger Drogensüchtiger will sich erhängen. Er bindet ein Seil an einen Deckenhaken, stellt einen Stuhl darunter und steigt dann auf den Stuhl. Er will sich das Seil um den Hals legen. Der Stuhl kippt mit dem Mann um. Hierbei bricht er sich das linke Sprunggelenk. Kein Gedanke mehr an Erhängen.

Ein Mann will sich mit einer Schusswaffe umbringen. Er ist so betrunken, dass er sich beim Hantieren mit der Waffe das rechte Ohr abschießt.

Ein Mann mittleren Alters will mit seinem PKW auf der Autobahn gegen einen Brückenpfeiler fahren. Auch er ist stark alkoholisiert. Er verfehlt den Brückenpfeiler um Haaresbreite, durchbricht die Leitplanke, überschlägt sich mehrfach und kommt an einer Böschung zum Stehen. Außer Prellungen und kleinen Schnittwunden keine Verletzungen.

Eine Frau will sich von der Kölner Südbrücke in den Rhein stürzen. Sie stürzt aber nach 3 Metern nur auf die Oberseite eines Brückenpfeilers. Arm- und Beinfraktur.

Ein Mann will sich von der Kölner Hohenzollernbrücke in den Rhein stürzen. Der Rhein hat Hochwasser. Nach etwa 5 Metern schlägt er auf der Laderaumabdeckung eines gerade unter der Brücke durchfahrenden Frachtschiffes auf. Einige Frakturen, keine Lebensgefahr.

Eine Frau beabsichtigt, sich mit Alkohol und Tabletten umzubringen. Nach einer Flasche hochprozentigem Schnaps nimmt sie eine Handvoll Tabletten ein. Der Alkohol hat ihre Sinne wohl so getrübt, dass sie Abführtabletten zu sich nahm. Was kurze Zeit darauf dann mit ihr bzw. mit ihrem Darm geschah, war ihr so unangenehm, dass sie die Feuerwehr rief. Auch uns war das unangenehm!

In der Leitstelle habe ich eine Frau am Notruf, die sich von mir eine Anleitung zum Selbstmord wünscht. Verwaschenes Sprachbild. Sie scheint alkoholisiert oder unter Medikamenten oder Drogen zu stehen. Das dauert länger! Ich versuche sie im Gespräch permanent zu „beschäftigen". Sie darf nicht auflegen. Endlich nennt sie mir ihren Namen und Adresse. Per Handzeichen informiere ich einen Kollegen, dass er Rettungsdienst und Polizei dorthin entsenden soll. Die Frau möchte von mir unbedingt wissen, wo sie im Internet eine Anleitung für ihren geplanten Selbstmord finden kann. Gut, dass sie nicht sehr orientiert ist und ich, wie auch immer, weiter mit ihr sprechen kann. Endlose Minuten. Ich weiß nicht mehr, über was und wen ich mich mit der Frau unterhalten habe.

Plötzlich höre ich im Hintergrund Lärm. Die Rettungsdienstbesatzung hat die Türe eingetreten und ist bei der Frau. Alles gut. Sie wird in eine Fachklinik transportiert. Ich bin geschafft und mein Hemd ist durchgeschwitzt. Offensichtlich habe ich hier und jetzt mitgeholfen, ein Menschenleben zu retten. Ein gutes Gefühl.

Silvesterdienst

In meinen über 41 Dienstjahren habe an ich circa 30 Silvester Dienst gehabt.

Ich habe die Funktion des Wachabteilungsführers (Zugführer) auf der FW 10 im rechtsrheinischen Kölner Stadtteil Deutz.

Die Feuer- und Rettungswache 10 muss ich näher beschreiben. 1911 in Betrieb genommen, erhielt sie einen elektro-mobilen Löschzug. Ob es da bereits Feinstaubprobleme gab, ist mir nicht bekannt. Nach Schäden aus dem zweiten Weltkrieg wurde sie provisorisch wieder aufgebaut. Viele Provisorien sieht man heute noch.

Ich habe mich immer sehr wohl dort gefühlt, obwohl das Gebäude im Inneren eher an die direkte Nachkriegszeit erinnerte. Einfachverglasung, feuchtes Kellergeschoss, hohe Räume und die Heizungsanlage war auch nicht mehr die beste. Die Mannschaft war gut, die Stimmung war gut. Es passte.

Von 1994 bis 2001 und von 2007 bis 2009 war ich der FW 10 zugeteilt. In der ersten Zeitspanne war die Wache noch anders aufgestellt als heute.

 Es gab, neben dem Löschzug und zwei RTW, noch einen Rüstzug (RW, FwK 20), eine GW-G, einen GW-TR und ein WLF. Später wurden die FW 2 (Marienburg) und die FW 8 (Ostheim) neu gebaut, die alte FW 2 (Südstadt) und die FW 12 (Rodenkirchen) geschlossen.

Die FW 10 wurde neu „konfiguriert".

Die Sondereinheiten wurden im Stadtgebiet anders verteilt und die Besatzung der FW 10 war jetzt für die Besetzung der Löschbootstation im Hafen Köln- Deutz zuständig.

Bild: Lothar Schneid

FW 10

Silvesterdienst ist und bleibt immer etwas Besonderes. Weit über die Hälfte meiner Dienstjahre hatte ich an Silvester Dienst.

Man beginnt seine Schicht in der Gewissheit, dass es eine lange, arbeitsreiche Nacht wird. Eine Feuerwehrnacht.

2008

Die Schicht war sehr unruhig. Bis zum Abend hatten wir bereits einige Brände zu löschen. Meine Frau und meine Tochter waren nachmittags mit meinem einjährigen Enkel auf der Wache zu Besuch. Und was passiert? Opa hat den Enkel auf dem Arm, der Alarmgong ertönt, der Löschzug muss zum Einsatz. Den erschrockenen Blick von meinem Enkel hatte ich noch lange im Sinn.

Über den Tag verteilt hatte es immer wieder geschneit und die Temperaturen waren dauerhaft im Minus-Bereich. Es kam zum Abend das Gefühl auf, dass wir jetzt ganz gerne 2- 3 Stunden Ruhe und Wärme hätten. Aber der Jahreswechsel stand bevor.

Häufig ist es so, dass wir an Silvester bereits vor 00:00 Uhr zu Brandeinsätzen unterwegs sind, weil einige unbelehrbare Bürger nicht ordnungsgemäß die Feuerwerkskörper benutzen. Im Wachbezirk der FW 10 sind einige soziale Brennpunkte angesiedelt. Sehr beliebt ist dort, dass Polizei oder Feuerwehr und Rettungsdienst mit Raketen beschossen oder Böllern beworfen werden. Bei allem was wir taten, um auch diesen Menschen zu helfen, war immer große Vorsicht geboten. Diese Klientel ist unterwegs, um Menschen, die kommen, um andere Menschen aus ihrer Notlage zu befreien, anzugreifen. Wer kann mir diese Denkweise mal schlüssig erklären?

23:30 Uhr. Wir ziehen bereits unsere Einsatzkleidung an, um bei einem Einsatz schneller ausrücken zu können. 00:00 Uhr. Wir wünschen uns gegenseitig ein frohes neues Jahr, immer mit einem Ohr am Lautsprecher, aus dem jede Sekunde ein Alarmgong kommen muss. 00:30 Uhr. Immer noch auf der Wache. Wir hören das Feuerwerk um uns herum mehr, als dass wir es sehen. Eisige Temperaturen und der Rauch des Feuerwerks verursachen Nebel auf der Straße. 01:00 Uhr. „Mann, ist das langweilig" sagt Ralf. „Abwarten, die Nacht ist noch lang" sind meine Worte.

01:02 Uhr. Der Löschzug wird zu einem Feuer alarmiert. Die Einsatzstelle ist nur 1 Minute Fahrweg entfernt. Keine klaren Informationen, wir wissen nicht, was brennen soll. In solchen Nächten können die Leitstellen-Disponenten keine langen „Geschichten" in die Alarmierung verpacken. Sie sind die, die hunderte von Notrufen innerhalb kürzester Zeit bearbeiten müssen.

An der Adresse angekommen. Es ist ein viergeschossiges Eckhaus. Ich steige aus, rieche eindeutig Brandrauch, aber sehe so gut wie nichts. Der Dunst um uns herum ist sehr dicht. Da - ich habe einige Sekunden länger nach oben geschaut und erkenne Feuerschein. Um uns herum nur angetrunkene, grölende Menschen. Die können mir keine Auskunft geben, wir müssen aufpassen, dass wir keinen überfahren. Knappe Worte an meine Mannschaft, wie sie die Fahrzeuge positionieren sollen, in der Hoffnung, dass es passt. Genaue Kenntnis über den Brand habe ich immer noch nicht. Ich eile in das Haus über den Treppenraum nach oben. Unterwegs höre ich vom eingetroffenen Einsatzleiter über mein Handfunkgerät, dass es wahrscheinlich ein Brand im Dachbereich ist.

Es kommen mir immer mehr Menschen entgegen. Keiner gibt mir vernünftig Auskunft. Ich denke mir: „Die sind hier wohl alle besoffen."

In der 4. Etage angekommen, werde ich direkt von einem Mann angegriffen. Keine Ahnung warum. Im Hintergrund sehe ich noch zwei Frauen, die torkelnd und aggressiv auf mich zukommen. Jetzt sehe ich auch das Feuer. Der Dachstuhl brennt und zwar heftig. Der Mann geht mir gehörig auf die Nerven. Ich muss meine Erkenntnis weitergeben und brauche den Angriffstrupp hier oben. Mir bleibt nichts anderes übrig in der Situation, als dem Mann eine kurze Gerade auf sein Kinn zu setzen Ich habe früher mal geboxt. So halte ich ihn von mir ab. Leider keine Chance, etwas anderes zu machen. Deeskalation funktioniert hier nicht. Die aggressiven Frauen bekomme ich etwas in den Griff, indem ich sie mit aller Macht anbrülle. Die muss ich alle nach unten bekommen.

Wenn der Brand eine schlagartige Ausbreitung hat, sind wir alle gefangen. Es fallen immer mehr brennende Holzteile auf uns herab. „Sorry, mein Guter" denke ich mir, packe den Mann am Kragen und ziehe ihn hinter mir her die Treppe runter. Die Frauen torkeln grölend hinterher, Schimpfkanonaden gegen mich ausstoßend. Sie kommen an mich auf der engen Treppe aber nicht ran. „Mädels, wenn ihr wüsstet, in welcher Lebensgefahr ihr seid." Egal, Hauptsache runter und raus aus dem Haus. Der Angriffstrupp kommt mir entgegen, schaut leicht verwundert. Ihr Zugführer, der einen Mann hinter sich her zieht und zwei keifende Frauen dahinter. Kurze Absprache, ich mahne sie zur Vorsicht, da ich das Gefühl habe, der Brand entwickelt sich auch abwärts. Endlich draußen. Die „Rettungsaktion" des Mannes hat mich ausgepumpt.

Er ist mittlerweile wieder halbwegs bei Sinnen, randaliert direkt weiter. Polizeibeamte haben bereits mehrere Randalierer auf der Straße festsetzen müssen, mein „Anhängsel" kommt jetzt noch dazu. Unbegreiflich das alles.

Trümmerteile fallen auf die Straße. Wir müssen aufpassen, dass wir nicht selber oder unsere Fahrzeuge getroffen werden. Der Dachstuhl brennt lichterloh über die ganze Länge des Eckhauses. Jetzt können wir auch alles sehen.

Das nächste Problem. Die Straße ist mittlerweile eine geschlossene Eisfläche. Es ist so kalt, dass das Löschwasser vom Dach als kleine Eiskristalle unten ankommt. Wir schießen Löschwasser aus zwei Wenderohren über Drehleitern und zwei C- Rohren im Innenangriff auf das Feuer. Wir müssen darauf achten, dass die Trupps, die im Innenangriff tätig waren, beim Verlassen des Gebäudes sofort in eine warme Umgebung kommen. Mir hängen kleine Eiszapfen vom Helm herunter, mein Nackenleder ist steif gefroren. Ich traue mich nicht, meine Handschuhe auszuziehen. Die Hände fallen bestimmt sofort ab. Füße habe ich gefühlt keine mehr.

Immer mehr Verstärkung trifft ein. Hauptsächlich freiwillige Feuerwehr. Ohne die Löschgruppen der freiwilligen Feuerwehr wäre ein solcher Einsatz am Jahreswechsel nicht zu schaffen. Sie unterstützen uns aus ihrer Freizeit heraus. Hut ab!

Hinter uns ist eine Eckkneipe. Der Wirt hat alle Gäste raus komplimentiert und macht Kaffee und Tee für uns. Ein guter Mensch! Einsatzverpflegung brauchen wir in dieser Nacht nicht zu bestellen.

In Köln ist die Feuerwehr im Dauereinsatz und bei den Straßenbedingungen würde es Stunden dauern, bis die Kollegen hier sind. Ich schicke meinen ersten Angriffstrupp nach getaner Arbeit mit einem Fahrzeug direkt zur Wache. Es sind ja nur 400 Meter. Jeder, der entbehrlich ist, wird direkt von der Einsatzstelle entlassen. Die Heizungen in den Fahrzeugen laufen auf Hochtouren. In mehreren Fahrzeugen sieht man nasse, abgekämpfte, durchgefrorene Feuerwehrmänner und -frauen sitzen. Dieser Brand verlangt uns einiges ab. Sieben Trupps unter Atemschutz wurden eingesetzt. So ist der Beruf eben.

Sechs Stunden nach Meldung des Brandes sind wir komplett wieder auf der Wache. Frische Einsatzkräfte haben uns abgelöst. Das Feuer ist erst um 12.30 Uhr gelöscht.

Eine halbe Stunde lasse ich mich vom heißen Duschwasser berieseln. Tief in meinem Inneren bin ich immer noch „erfroren".

Bilder: FW 10

Abkürzungen

Im Laufe der Jahre haben sich die Bezeichnungen der Fahrzeuge und Geräte auf Grund der Technik oder Normen sowie taktischer Anpassungen verändert. Im Nachhinein werden darum nur die Überbegriffe vereinfacht erläutert.

C- Rohr	Strahlrohr mit einem Durchfluss zwischen 100- 200 Liter/min
B- Rohr	Strahlrohr mit einem Durchfluss zwischen 400- 800 Liter/min
BMA	Brandmeldeanlage
	(erkennt durch Technik Brand-Rauch-Wärme)
DL	Drehleiter, Länge 30 Meter
FW	Feuer- und Rettungswache
	(Brandschutz und Rettungsdienst auf einer Wache)
FwK 20	Feuerwehr Kranwagen mit 20 t Hubkraft
GW-A	Gerätewagen Atemschutz
	(Fahrzeug zum Transport von Atemschutzgeräten)
GW-G	Gerätewagen Gefahrgut
	(Fahrzeug zum Transport von Geräten für Gefahrgutunfälle)

GW-W	Gerätewagen Wasser (Taucherfahrzeug)
KTW	Krankentransportwagen
LB	Löschboot
LF	Löschfahrzeug (Besetzung mit 5- 8 Funktionen)
HLF	Hilfeleistungslöschfahrzeug. Hat den Begriff LF abgelöst Geräte zur Brandbekämpfung und technischen Hilfeleistung
NEF	Notarzteinsatzfahrzeug. (Besetzt mit Notarzt und Rettungsassistent oder Notfallsanitäter)
PA	Pressluftatmer, Atemschutzgerät
PSU-Team	Team zur psycho- sozialen Unterstützung für Einsatzkräfte
PTLF	Pulvertanklöschfahrzeug mit Schaummittel
RTB	Rettungsboot
RTW	Rettungswagen
RW	Rettungswache (nur Rettungsdienst auf der Wache)
RW	Rüstwagen
TLF	Tanklöschfahrzeug (mit Wasser beladen)

TRO	Trockenlöschfahrzeug
	(mit Löschpulver beladen)
TRO-TLF	Kombination aus beiden Fahrzeugen
WLF	Wechselladerfahrzeug
	(ugs. Containerfahrzeug)

Warum dieses Buch? Am Anfang des Buches habe ich gemutmaßt, dass das Schreiben mir bei der Bewältigung von vielen negativen Erlebnissen hilft. Ja, das stimmt. Aber auch viele schöne, lustige Dinge aus meinen Berufsjahren sind in meinen Gedanken wieder aufgetaucht. Es gäbe noch viele Erlebnisse niederzuschreiben. Das Buch hätte dann bestimmt fast 1000 Seiten und keiner würde es lesen.